मैडम डिकॉस्टा

मण्टो अब तक-16

मैडम डिकॉस्टा

सआदत हसन मण्टो

वाणी प्रकाशन

वाणी प्रकाशन

4695, 21-ए, दरियागंज, नयी दिल्ली 110 002

फ़ोन : +91 11 23273167 फ़ैक्स : +91 11 23275710

शाखाएँ

अशोक राजपथ, पटना 800 004, बिहार

कॉफ़ी हाउस कैम्पस, महात्मा गांधी मार्ग, इलाहाबाद 211 001, उत्तर प्रदेश

महात्मा गांधी अन्तरराष्ट्रीय हिन्दी विश्वविद्यालय, वर्धा 442 001, महाराष्ट्र

www.vaniprakashan.in
marketing@vaniprakashan.in
sales@vaniprakashan.in

MADAM DICOSTA
by Saadat Hasan Manto

ISBN : 978-93-5072-283-1
Collection of Short Stories

संस्करण 2012
आवृत्ति 2018

मूल्य : ₹ 125

एम.एस. प्रिंटर्स, दिल्ली-110 095 में मुद्रित

वाणी प्रकाशन का लोगो मक़बूल फ़िदा हुसेन की कूची से

भूमिका

मण्टो की कहानियों में व्यक्तित्व की सीधी स्पष्टता और बेलागपन होने के साथ-साथ, उसके ज़िन्दगी के तजुरबे और नज़र के टेढ़ेपन की वजह से एक चौंका देने वाली विविधता भी है, जिसका पूरा ब्योरा इस छोटी-सी भूमिका में देना नामुमकिन-सा है तो भी, मैंने कोशिश की है कि जहाँ तक हो सके मैं उन विचारों को आपके सामने रख दूँ। जो मण्टो की कहानियाँ पढ़ते हुए समय-समय पर मेरे दिमाग़ में आते रहे हैं।

मण्टो की बहुत-सी खूबियों के साथ-साथ उसकी राजनीतिक समझ की भी दाद देनी पड़ती है। हालाँकि मण्टो राजनीति से कोसों दूर था, लेकिन उसने राजनीतिक गतिविधियों पर भी अपनी पैनी नजर डाली थी और आज, जब आज़ादी के पच्चीस वर्ष बीत चुके हैं, गाँधीवाद की सारी हकीकतें खुल चुकी हैं, मण्टो की उन मान्यताओं से असहमत नहीं हुआ जा सकता जो उसने स्वराज के लिए, नया क़ानून और दो गढ्ढे में व्यक्त की हैं। जैसा कि मैंने कहा, स्थितियाँ बहुत् कम बदली हैं–ऊपरी तौर पर भले ही एक परिवर्तन आया दिखता हो। यद्यपि मण्टो आज़ादी के एक बरस बाद ही पाकिस्तान चला गया और फिर 1955 में उसकी मृत्यु हो गयी, तो भी, 'दो गढ्ढे' में उसने जो तस्वीर हमारे सामने पेश की है, वह हिन्दुस्तान की मौजूदा हालत पर कितनी सही उतरती है–इसे प्रत्येक पाठक समझ सकता है। अगर इस कहानी में पाकिस्तान की जगह हिन्दुस्तान कर दिया जाय तो यह मौजूदा हालात का एक ऐसा ब्योरा है, जिसे आज का कोई भी नया लेखक लिख सकता था और इस कहानी का सच नहीं पीढ़ी के किसी भी लेखक का सच हो सकता है।

नीलाभ

अनुक्रम

नईमा

तालियों के शोर में प्रिंसिपल अपनी कुर्सी से उठता है और तल्बा और तालिबात से मुख़ातिब होता है।

यह रस्म जब से, मैं इस कॉलेज में प्रिंसिपल मुक़र्रर हुआ हूँ हर साल बाक़ायदा अदा की जाती है। हर साल इस मौक़े पर तालियों के शोर के साथ मैं अपनी कुर्सी से उठता हूँ और क़रीब-क़रीब वही तक़रीर करता हूँ जो मैंने आज से दस साल पहले की थी। तुम्हें देख कर मेरे दिल में वही जज़बात पैदा होते हैं जो इस सिलसिले के आग़ाज़ में हुए थे—आज जब ग़ौर किया तो मुझे ऐसा महसूस होता है कि मैं पोस्टमास्टर हूँ और कॉलेज की यह बिल्डिंग बहुत बड़ा डाक-खाना। तुम सब खुतूत हो जो कुछ देर इस बिल्डिंग में रह कर अपने अपने ठिकाने पहुँचा दिये जाते हैं। कुछ ऐड्रस की वजह से इधर-उधर भटकते रहते हैं। बहरहाल यह खेल बहुत दिलचस्प—हर साल इम्तिहानों का एक चक्कर शुरू होता है—इसमें कुछ कामयाब होते हैं, कुछ कुछ नाकाम—हसरत और ग़म की मिली-जुली लहरें मैं हर साल देखता हूँ। इस वक़्त मेरे सामने कई ऐसे चेहरे हैं जो कामयाबी के बायस तमतमा रहे हैं। इसके साथ-साथ मैं चन्द ऐसे चेहरे भी देख रहा हूँ जो नाकामी के सदमें से मुरझाए हुए हैं—खिजा और बहार का मिलाजुला मौसम हर साल आता है और गुज़र जाता है—वह लड़कियाँ और लड़के जो बी.ए. पास कर चुके हैं या ऊँची तालीम हासिल करने के लिए किसी बड़े कॉलेज में दाखिल हो जायेंगे या तालीम का सिलसिला ख़त्म करके दुनियावी कामों में मसरूफ़ हो जायें। वह जो दीवार नहीं फाँद सके दोबारा कोशिश करेंगे—जो यहाँ से जा रहे हैं उनको मैं अलविदा कहता हूँ और उनकी कामयाब ज़िन्दगी के लिए दुआ करता हूँ। जो नये आये हैं, उनको खुशआमदीद कहता हूँ और उनके फ़ायदे के लिए कहता हूँ कि इस तालिमगाह में दाख़िल होते वक़्त उन लोगों को एक नज़र जरूर देख लें जो बाहर जा रहे हैं—जो ख़्वाहिश के बावजूद अपनी कमजोरियों के बायस या किसी और वजह से बाहर निकलने मैं कामयाब नहीं हो सके, उनसे मुझे पूरी-पूरी हमदर्दी है। ख़ास तौर पर नईमा से जो मेहनत करने के बावजूद इस साल भी इम्तेहान में कामयाब न हो सकी। अब मैं अपनी तक़रीर ख़त्म करता हूँ—ख़ुदा करे आइन्दा

साल नईमा कामयाब हो जाए।

तक़रीर ख़त्म करने के बाद जलसा बरख़ास्त हो जाता है।

ज़किया — फ़रख़न्दा—क्या नईमा हाल में मौजूद थी।

फ़रख़न्दा — नहीं तो।

ज़किया — तो फिर वह आयी ही नहीं।

फ़रख़न्दा — बेचारी ग़म से निढाल होगी।

ज़किया — एक बार फेल होने ही से आदमी की कमर टूट जाती है वह बेचारी तो दूसरी मरतबा फेल हुई है।

फ़रख़न्दा — मेहनत तो बेहद करती थी।

ज़किया — असल में यह सब उसके मिज़ाज़ की ख़राबी का नतीजा है। किसी से मदद लेने में क्या मुजाहका है। इम्तेहान शुरू होने से दो महीने पहले मैंने कई बार उससे कहा। नईमा तुम मेरे घर आ जाया करो। मैं तुम्हें सारी इक्नोमिक्स अज़बर करा दूँगी—बस यह सुनते ही जैसे उसके मिर्चे लग गयी—कहने लगी तुम अपने आप को बहुत वह समझने लगी हो। तुम्हारे बग़ैर गोया इक्नोमिक्स किसी को आ ही नहीं सकती—मैं तो गदही हूँ बेवकूफ़ हूँ। अब फ़रख़न्दा तुम ही बताओ क्या मैंने छेड़ख़ानी के लिए उसको अपनी मदद पेश की थी। यह तो सब जानते हैं कि वह इक्नोमिक्स में बिलकुल सिफ़र है—बस दिमाग़ ही जो ऐसा पाया है कोई अच्छी बात भी करे तो उसे बुरी लगती है।

फ़रख़न्दा — मेरे साथ भी बिलकुल ऐसा हुआ। मैंने कहा, देखो नईमा ऐसा न हो तुम्हारा साइक्लोजी का परचा कमज़ोर रह जाय। कहो तो मैं अपने लिए हुए नोट दे दूँ। बस यह सुनते ही बिगड़ गयी। कहने लगी, नोटों की तो उसको ज़रूरत होती है जो किताब से कुछ न सीख सके—वैसे बाज़ार में आम बिकते हैं। कोई इतनी बड़ी रकम तो ख़र्च नहीं होती—भई वह दिन और यह दिन। मेरी ज़बान जले जो मैंने फिर उससे ऐसी बात कही हो।

जमीला — किसी को क्या पड़ी है जो...

ज़किया — पड़ी-वड़ी की बात नहीं जमीला—हमारे दिल पत्थर के तो नहीं। उसको देख कर किसे दुख नहीं होता—और ऐसे लमहात में मुँह से हमदर्दी का कोई कलमा निकल ही जाता है।

फ़रख़न्दा — पर उसे वो हमदर्दी की ज़रूरत ही नहीं—काटने को दौड़ती है, अगर उससे हमदर्दी का एक लफ़्ज़ भी कह दिया जाय।

ज़किया — जाने उसके मिज़ाज में तलख़ी कहा से आ गयी।

जमीला – ए तलख़ी को छोड़ो। सब को मालूम है कि बेहद मुफ़लिस है। लेकिन अगर उससे कहो, नईमा तुम हर रोज यह सब्ज़ साड़ी ही क्यों पहनती हो तो बिगड़ कर जवाब देगी मेरे पास एक नहीं ऐसी कई साड़ियाँ हैं। मुझे यह रंग पसन्द है।

फ़रख़न्दा – सर में तेल ऐसा डालती है कि उसकी बदबू से नाक फट जाती है उससे पूछो तो यही कहेगी। यह ख़ास तेल है इससे बाल लम्बे होते हैं।

जमीला – लम्बे बालों की बच्ची।

ज़किया – नहीं जमीला ऐसा न कहो उसका वह सयानापन दूर हो जाय तो उस जैसी अच्छी सहेली तुम्हें चराग ले कर ढूँढ़ने पर भी न मिले। लड़कियों में ये बातें हो रही थीं कि एक लड़का अनवर उधर से गुज़रा। काफ़ी ख़ूबसूरत था। उसने सबसे पूछा 'क्या बातें हो रही हैं।'

ज़किया – हम नईमा का ज़िक्र कर रहे थे–आप दोस्तों वग़ैरा से मिल चुके।

अनवर – दोस्तों वग़ैरा से नहीं मिला अलबत्ता नईमा से मिल कर आ रहा हूँ।

फ़रख़न्दा – कहाँ है वह?

अनवर – बाहर बाग़ में।

जमीला – चलो ज़किया चलें।

अनवर – नहीं। इस वक़्त आप उसके पास न जायें। उस की तबीयत बेहद मग़मूम है–किसी ने उसको ज़रा भी छेड़ा तो आफ़त बरपा हो जायगी।

ज़किया – यह बड़ी मुसीबत है अब अगर कोई उससे हमदर्दी कर इज़हार करना चाहे तो क्या करे।

अनवर – बस ख़ामोश रहे।

ज़किया – कैसे

अनवर – बिलकुल मेरी तरह। बाग़ीचे की तरफ़ मेरा गुज़र हुआ मैंने देखा कि वह बेंच पर बैठी है। और उसकी आँखों में नामुकम्मल आँसू हैं–मेरे क़दम रुक गये–उसने मेरी तरफ़ देखा और मैंने उसकी तरफ़। उसके नामुकम्मल आँसू तकमील की आरजू में तड़पा किये–और मैं यहाँ चला आया।

ज़किया – तो मुझे उसके पास नहीं जाना चाहिए?

अनवर – वह इस वक़्त गजबनाक हालत में है। नाकामियों का असर ऐसे आदमियों पर इसी क़िस्म का होता है जिन्हें ज़रूरत से ज़्यादा ख़ुद पर एतमाद होता है–दरअस्ल मैं कोशिश के बावजूद नईमा को

नहीं समझ सका।

ज़किया – लेकिन क्लास में उससे आपका सुलूक वैसा ही था जैसे एक बाप का अपनी बेटी से होता है।

अनवर – लेकिन इसके बावजूद वह मेरी शफ़कत ठुकराती और मेरी हमदर्दी को रौंदती रही–कुछ समझ में नहीं आता। इस लड़की का अंजाम क्या होगा। तुमने ग़ौर नहीं किया वह किस क़दर दुबली हो गयी है। उसकी हड्डियाँ बाहर निकल आयी हैं–मैं अकसर सोचता हूँ एक दिन वह अपनी ज़िन्दगी के पुरअसरार महाज़ पर लड़ती तन्हा मारी जायेगी।

यह कहकर अनवर उन लड़कियों से रुख़सत ले कर चला गया–उसके क़दम ग़ैर इरादी तौर पर उसे बाग़ीचे की तरफ़ ले गये। नईमा बेंच पर बैठी थी। अनवर उस के पास पहुँचा।

अनवर – नईमा–क्या मैं तुम्हारे पास आ सकता हूँ।

नईमा – तुम्हें किसने रोका है।

अनवर – तुम यहाँ बहुत देर की बैठी हो।

नईमा – कहते हो तो उठ कर चली जाती हूँ।

अनवर – यह कैसी बातें करती हो–मैं पूछता हूँ तन्हाई में तुम बिलकुल नहीं घबराती हो।

नईमा – कैसी तन्हाई–मैं बिलकुल तन्हा नहीं।

अनवर – हाँ अब तुम तन्हा नहीं हो।

नईमा – इससे पहले भी तन्हा नहीं थी–तुम चले जाओगे तो फिर भी तन्हा नहीं रहूँगी–तुम हमेशा मुझे ग़लत समझते रहे–तुम क्या सब के सब–मुझमें क्या नुक्स है–क्या ख़राबी है जो दूसरों के दिल में ख़ामख़ाह हमदर्दी का जज़्बा पैदा हो जाता है–हमदर्दी–जाओ इस हमदर्दी को अपने साथ ले जाओ।

अनवर – तुमने रोना शुरू कर दिया।

नईमा – झूठ बोलते हो तुम–मैं तो हँस रही हूँ–तुम समझते हो कि मैं तन्हा हूँ बे यारो मददगार हूँ–इसीलिए तुम मुझे अपनी के सूखे टुकड़े देते हो–मैं यह भीख नहीं लेना चाहती–जाओ–जाओ–यहाँ से चले जाओ। अनवर महसूस करता है कि अगर उसने इस मौजू पर मजेद गुफ़्तगू की तो शायद नईमा का दिमाग़ी तवाज़ुन बिगड़ न जाय। इसलिए वह ख़ामोशी से चला जाता है। नईमा फूट-फूट कर रोना शुरू कर देती है। मगर कोई आवाज़ पैदा नहीं करती। अनवर अपने घर चला जाता है। वह अकसर नईमा के बारे में

सोचता। उसने कई बार उसको ख़त लिखे, मगर उसको उसका एड्रेस मालूम नहीं था, इसलिए फ़ाड़ दिये।

एक दिन वह बाहर बरामदे में बैठा कोई नावेल पढ़ रहा था कि नौकर एक ख़त लाया—यह नईमा का था जिसमें सिर्फ़ एक सतर थी—मिस्टर अनवर—मैं मरने के क़रीब हूँ। आपसे मिलना चाहती हूँ। अनवर सख़्त घबराहट में उठा उसका सारा जिस्म लरज़ रहा था। उसने अपने बाप की मोटर ली। ख़त में एड्रेस मौजूद था वहाँ पहुँचा।

अँधेरा और गलीज़-सा कमरा था—अनवर को कुछ नज़र न आया।

अनवर – नईमा, नईमा—कहाँ हो तुम?

नईमा – आ जाओ—इधर मेरे पास आ जाओ।

अब अँधेरे में अनवर को सुनाई देने लगा था। उसने देखा कि एक शिकस्ता-सी चारपायी पर नईमा की हड्डियों का ढाँचा लेटा है। अनवर उसके पास बैठ गया।

नईमा – तुम्हें हैरत हो रही है इस ग़लीज़ कमरे को देख कर—इसे न देखो। यहाँ जिस शै को भी देखोगे, तुम्हें हैरत होगी—सबसे बड़ी हैरत-अंगेज़ चीज़ तो मैं हूँ—मुझे देखो और जितना हैरतज़दा होना चाहो हो लो।

अनवर – यह क्या हो गया तुम्हें?

नईमा – अनवर मेरी कश्ती पाश-पाश हो चुकी है—पेदे और पतवारों के बग़ैर इसे कई बरस मझधार में खेती रही हूँ। अब मैं अपने साथ कब्र में ले जाऊँगी—अनवर क्या वहाँ इसकी मरम्मत हो जायेगी? तुम बोलते क्यों नहीं।

अनवर – मैं सुन रहा हूँ।

नईमा – मैं अपनी इस टूटी हुई कश्ती के लिए इधर-उधर से चीथड़े इकट्ठे करके बादबान बनाती रही, लेकिन तूफ़ान ने बड़ी बेरहमी से इनको चीड़फाड़ दिया—अनवर मुझे बताओ यह तूफ़ान इतने बेरहम क्यों होते हैं।

अनवर – तूफ़ान हमेशा बेरहम होते हैं नईमा।

नईमा – तुम ठीक कहते हो—मैंने बहुत तकलीफ़ें बरदाश्त कीं, सिर्फ़ इसलिए कि बी.ए. का इम्तेहान पास कर लूँ और ख़ुद कमाने के क़ाबिल हो जाऊँ—लेकिन तमान कुर्बानियों का अंजाम तुम्हारे सामने हड्डियों की सूरत में लेटा है। नईमा की आवाज़ आहिस्ता-आहिस्ता मध्यम होती जा रही थी। अनवर की समझ में नहीं आता था कि वह क्या करे।

नईमा – मैं मर रही हूँ अनवर और तुमने मुझे कुछ नहीं बताया—अब ऐसा करना कि मेरी यह दो सब्ज़ साड़ियाँ जो स्टूल पर पड़ी हैं और यह सारी किताबें उठा कर मेरे साथ दफ़्न कर देना—मुमकिन है वहाँ यह चीज़ें और भी ज्यादा महँगी मिलें—मैंने बड़ी मुसीबतों से ख़रीदी थीं—और देखो किसी और को मेरी मौत की ख़बर न हो—मुझसे अब ज़्यादा बोला नहीं जाता—मेरा ख़याल है मुझे और भी कुछ कहना था।

अनवर ने देखा कि उस पर हालते नजाअंतारी है।—उसने ज़ारो कतार रोना शुरू कर दिया। नईमा ने जिसकी आँखें मुँद रही थीं, बड़ी मुश्किल से करवट बदली और अनवर के आँसू अपने मैले दोपट्टे से पोंछे और कहा, "मुझे याद आ गया—जो मुझे तुमसे कहना था।"

अनवर – क्या कहना था।

नईमा मुस्कुराई, "एक बेवकूफ़ी की बात है—अपने होंट मेरे मुर्दा होंटो के साथ लगा दो।" अनवर ने उसकी तामील की—नईमा को जो मुसर्रत हासिल हुई वह उसकी ताब न ला सकी और अपनी आख़िरी साँस इस बोसे के सुपुर्द कर दी।

बद्‌तमीज़ी

"मेरी समझ में नहीं आता कि आपको कैसे समझाऊँ।"

"जब कोई बात समझ में न आये तो उसको समझाने की कोशिश नहीं करनी चाहिए।"

"आप तो बस हर बात पर गला घोंट देते हैं–आपने यह तो पूछ लिया होता कि मैं आपसे कहना क्या चाहती हूँ।"

"इसके पूछने की ज़रूरत ही क्या थी–सारे हमसाये अच्छी तरह जानते हैं कि आप आये दिन मुझसे झगड़ते रहते हैं।"

"ख़ुदा झूठ न बुलवाए तो एक बरस तक मैंने तुमसे कोई तल्ख़ बात की है न शीरी।"

"शीरी बात करने का आपको सलीका ही कहाँ आता है, नौकर को आवाज़ देकर बुलायेंगे तो सारे मुहल्ले को पता चल जायेगा कि आप उसे गोली से हलाक करना चाहते हैं।"

"मेरे पास तो बन्दूक ही नहीं–वैसे मैं ख़रीद सकता हूँ, मगर उसको चलायेगा कौन? मैं तो पटाखे से डरता हूँ।"

"आप बनये नहीं–मैं आपको अच्छी तरह जानती हूँ–यह फराड मेरे साथ नहीं चलेगा अपका।"

"अब मैं फराड बन गया।"

"आप हमेशा से फराड थे–"

"यह फ़ैसला आपने किन वजूह पर क़ायम किया।"

"आप जब पाँचवी जमाअत में पढ़ते थे तो क्या आपने अपने अब्बा जी की जेब से दो रुपये नहीं निकाले थे?"

"निकाले थे।"

"क्यों?"

"इसलिए कि भंगी की लड़की को ज़रूरत थी।"

"भंगी की लड़की से आपको इतनी हमदर्दी क्यों?"

इसलिए कि वह भंगी की लड़की थी–बहुत बीमार–वालिद साहब से अगर

कहा जाता तो वह कभी एक पैसा भी उसे न देते—मैंने इसीलिए मुनासिब समझा कि उनके कोट से दो रुपये निकाल कर उसको दे दूँ—यह कोई गुनाह नहीं।

"जी हाँ—बहुत बड़ा सवाब है—बाप के कोट पर छापा मार कर आप तो अपने ख़याल के मुताबिक जन्नत में अपनी सीट बुक कर चुके होंगे, लेकिन मैं आपसे कहे देती हूँ कि इसकी सज़ा आपको इतनी कड़ी मिलेगी कि आपकी तबीयत साफ़ हो जायेगी।"

"तबीयत तो मेरी यहाँ हर रोज़ साफ़ की जाती है—अब इतनी साफ़ हो गयी है कि जी चाहता है कि इस तबीयत को कीचड़ में लत-पत कर दूँ ताकि तुम्हारा मशग़ला जारी रह सके।"

"कीचड़ में तो आप हर वक़्त लुथड़े रहते हैं।"

"यह सरासर बोहतान है।"

"बोहतान क्या है—हक़ीक़त है—आप सर से पाँव तक कीचड़ में धँसे हुए हैं—आपको किसी नफ़ीस चीज़ से दिलचस्पी नहीं। बात करेंगे तो ग़लाज़त की—नहाते आप नहीं।"

"ग़ज़ब ख़ुदा का—मैं तो दिन में तीन मरतबा नहाता हूँ।"

"वह भी कोई नहाना है—बदन पर दो डोगे पानी के डाले—तौलिए से अपना नीम खुश्क जिस्म पोंछा और गुसलख़ाने से बाहर निकल आये।"

"दो डौगे तो नहीं कम अज़ कम बीस होते हैं।"

"तो इनसे भी क्या होता है—क्या आपने आज तक कभी साबुन इस्तेमाल किया है?"

"मैं तुमसे कई बार कह चुका हूँ कि साबुन जिल्द के लिये बहुत मुज़िर है।"

"क्यों?"

"इसलिए कि इसमें तेजाबी माद्दे होते हैं जो जिल्द का सत्यानाश कर देते हैं।"

"मेरी जिल्द तो आज तक सत्यानाश नहीं हुई—आपकी जिल्द बहुत ही नाजुक होगी।"

"नाज़ुक होने का सवाल नहीं—यह अब साइंटिफ़िक बहस है—"

"मैं साइंटिफ़िक वाइंटिफिक कुछ नहीं जानती—बस मैं आपसे यह पूछना चाहती हूँ कि आप साबुन क्यों इस्तेमाल नहीं करते?"

"भई तुम्हें बता तो चुका हूँ कि यह मुज़िर है।"

"तो फिर आप नहाते किस तरह हैं।"

"नहाने का सिर्फ़ एक ही तरीका है—पानी डालते गये और नहाते गये।"

"जिस्म पर आप कोई चीज़ नहीं मलते—मेरा मतलब है कि साबुन नहीं तो कोई और चीज़।"

"मला करता हूँ।"

"क्या?"

"बेसन।"

"वह क्या होता है?"

"अरे भई चने का आटा।"

"आपकी जो बात है, निराली है—मैं तो आप ऐसे सनकी से ख़ुदा क़सम तंग आ गयी हूँ—मेरी समझ में नहीं आता कहाँ जाऊँ।"

"अपने मैके चली जाओ—वहाँ तुम्हें अपनी हम ख़्याल मिल जायेगी।"

"मैं क्यों जाऊँ वहाँ—मैं यहीं रहूँगी।"

"मैंने तुमसे आज ही कहा—इसलिए कि तुम मुझे लाख मरतबा धमकी देती रहती हो कि मैं चली जाऊँगी अपने मैके।"

"मुझे जब जाना होगा चली जाऊँगी।"

"आज तुम्हारी तबीयत नहीं चाहती।"

"आप मुझे चिढ़ाने की कोशिश क्यों करते हैं।"

"मैंने तो कोई कोशिश नहीं की—अगर तुम चाहती हो कि कोशिश करूँ तो यक़ीन मानो तुम अभी ताँगा ले कर स्टेशन पहुँच जाओगी।"

"कोशिश करके देख लीजिए मैं यहाँ से एक इंच नहीं हटूँगी—यह मेरा घर है।"

"आपका है—आप के बाप दादा का है—लेकिन यह तो बताइए—"

"मेरे बाप दादा का नाम मत लीजिए—उन बेचारों का क्या कुसूर था।"

"कुसूर तो सारा मेरा है—लेकिन बेगम तुम कभी-कभी इतना तो ग़ौर कर लिया करो कि मैंने आख़िर तुम्हें कौन-सा जानी या माली नुकसान पहुँचाया है कि तुम लठ ले कर मेरे पीछे पड़ जाती हो।"

"लठ तो हमेशा आपके हाथ में रहा है—मैं तो उसको उठा भी नहीं सकती।"

"तुम बड़े से बड़ा गुर्ज़ उठा सकती हो—तुम ऐसी औरतों में बला की होती है—तुम उक़ाब हो—तुम्हारे सामने तो मेरी हैसियत एक चिड़िया की सी है।"

"बातें बनाना कोई आपसे सीखे—आप चिड़िया हैं सुबहान अल्ला, जब कड़कते और गरजते हैं तो ऐसा महसूस होता है कि शेर दहाड़ रहा है।"

"इस शेर को पहले एक नज़र देख लो।"

"क्या देखूँ? पन्द्रह बर्ष से देख रही हूँ।"

"यह खाकसार शेर है क्या?"

"शेर है मगर ख़ाक में लिपटा हुआ।"

"इस तारीफ़ का शुक्रिया—अब आप यह बताइए कि आप कहना क्या चाहती थीं।"

"आप इतने लायक फ़ाथक बने फिरते हैं–समझिए कि मैं क्या कहना चाहती थी–"

"तुम्हारी बातें तो ख़ुदा ही समझ सकता है–मैं क्या समझूँगा।"

"ख़ुदा को बीच में क्यों लाते हैं?"

"ख़ुदा को अगर बीच में न लाया जाय तो कोई काम हो ही नहीं सकता।"

"बड़े आये हैं आप ख़ुदा को मानने वाले।"

"ख़ुदा को तो मैं हमेशा से मानता आया हूँ वह ताक़त जो दुनिया पर कंट्रोल करती है।"

"कंट्रोल तो आप मुझ पर करते आये हैं।"

"किस क़िस्म का?"

"हर क़िस्म का–मैं आज तक अपनी मर्ज़ी कर मुवाफ़िल को चीज़ नहीं कर सकी–कपड़े लेती हूँ, तो उसमें आपकी मर्ज़ी का दख़ल होता है–खाने के बारे में भी आपकी मर्ज़ी चलती है–आज यह पके कल वह पके–"

"इसमें तुम्हें क्या एतराज़ है?"

"एतराज़ क्यों नहीं–मेरा जी अगर कभी चाहता है कि ओझड़ी खाऊँ तो आप नफ़रत का इज़हार करते हैं।"

"ओझड़ी भी कोई खाने की शै है।"

"आप क्या जाने कितनी मजेदार होती है। चूने में डाल कर उसे साफ़ कर लिया जाता है। इसके बाद अच्छी तरह घी में तला जाता है। अल्ला क़सम मज़ा आ जाता है।"

"लाहौल विला–मैं ऐसी ग़लत चीज़ को देखना भी पसन्द नहीं करता।"

"और टिण्डे?"

"बकवास है–सब्ज़ी की सबसे बड़ी तौहीन है। उनमें कोई रस होता है न लज्जत–बस फ़कत टिण्डे होते हैं–मेरी समझ में नहीं आता कि वह पैदा किस ग़र्ज के लिए किये गये थे। निहायत वाहियात होते है। मैं तो अक्सर यह दुआ माँगता हूँ कि उनका वजूद ही सिरे से ग़ायब हो जाय–बड़े बेजान होते हैं उनके मुक़ाबले कद्दू बदर जहा बेहतर है, हालाँकि वह भी मुझे सख़्त नापसन्द है।"

"आपको कौन सी चीज़ पसन्द है? हर अच्छी चीज़ में कीड़े डोलते हैं। भिण्डी आपको पसन्द नहीं उसमें लैस होती है–गोभी आपको नहीं भाती कि उसमें यह नुक्स निकाला जाता है कि बदबू होती है। टमाटर आपको अच्छे नहीं लगते इसलिए कि उसके छिलके हज़म नहीं होते।"

"तुम इन बातों को छोड़ो–टिण्डे, गोभी, टमाटर जहन्नुम में जाये–तुम मुझे यह बताओ कि मुझसे कहना क्या चाहती हो।"

"कुछ भी नहीं–बस ऐसे ही आ गयी–मैंने देखा कि आप कोई काम नहीं कर

रहे हैं तो आपके पास आकर बैठ गयी।"

"बड़े नवाजिश है आपकी लेकिन कुछ-न-कुछ कहना होगा आपको।"

"आपसे अगर कुछ कह भी दिया तो उसका हासिल क्या होगा।"

"जो आगे आपको हासिल होता रहा है उसी हिसाब से आज भी हासिल हो जायेगा आप यहाँ से कुछ हासिल किये बग़ैर लेगी कैसे?"

"मैं आपसे एक ख़ास बात करने आयी थी।"

"क्या?"

"मैं–मैं यह कहने आयी थी कि मेरी समझ में नहीं आता मैं आपको कैसे समझाऊँ।"

"आप क्या समझाने आयी थीं मुझे?"

"आपको तो ख़ुदा समझाएगा–मैं यह कहने आयी थी कि आप पतलून पहन कर उसके बटन बालकनी में बन्द न किया करें। हमसायों को सख़्त एतराज है। यह बहुत बड़ी बद्तमीज़ी है।"

क़ादरा क़साई

ईंदनबाई आगरे वाली छोटी ईद को पैदा हुई थी। यही वजह है कि उसकी माँ ज़हरा जान ने उसका नाम इसी मुनाहबत से ईंदन रखा। ज़हरा जान अपने वक़्त की मशहूर गाने वाली थी। बड़ी दूर-दूर से रईस उसका मुजरा सुनने के लिए आते थे।

कहा जाता है कि मेरठ के एक ताजिर अब्दुल्ला से जो लाखों में खेलता था, उसे मुहब्बत हो गयी। उसने चुनांचे इसी जज़बे के मातहत अपना पेशा छोड़ दिया, अब्दुल्लाह बहुत मुतास्सिर हुआ और उसकी तनख्वाह मुकर्रर कर दी। कोई तीन सौ रुपये के क़रीब। हफ़्ते में तीन मरतबा उसके पास आता और रात ठहर कर सुबह सबेरे वहाँ से रवाना हो जाता।

जो शख़्स ज़हरा जान को जानते हैं और आगरे के रहने वाले हैं उनका ब्यान है कि उनका चाहने वाला एक बढ़ई था। मगर वह उसे मुँह नहीं लगाती थी। वह बेचारा ज़रूरत से ज़्यादा मेहनत व मशक्क़त करता और तीन चार महीने के बाद रुपये जमा कर ज़हरा जान के पास जाता मगर वह उसे दुतकार देती।

आख़िर एक रोज़ उस बढ़ई को ज़हरा जान से मुफ़स्सल गुफ़्तगू करने का मौक़ा मिल ही गया। पहले तो वह कोई बात न कर सका इसलिए कि उस पर अपनी महबूबा के हुस्न का रौब तारी था लेकिन उसने थोड़ी देर के बाद जुर्अत से काम लिया और उससे कहा–

"ज़हरा जान–मैं ग़रीब आदमी हूँ। मुझे मालूम है कि बड़े-बड़े धन वाले तुम्हारे पास आते हैं और तुम्हारी हर अदा पर सैंकड़ों रुपये निछावर करते हैं–लेकिन तुम्हें शायद यह बात मालूम नहीं कि ग़रीब की मुहब्बत धन-दौलत वालों के लाखों रुपयों से बड़ी होती है–मैं तुमसे मुहब्बत करता हूँ मालूम नहीं क्यों।"

ज़हरा जान हँसी। इस हँसी से बढ़ई का दिल मजरूह हो गया "तुम हँसती हो–मेरी मुहब्बत का मज़ाक़ उड़ाती हो, इसलिए कि यह कंगले की मुहब्बत है, जो लकड़ियाँ चीर कर अपनी रोज़ी कमाता है–याद रखो यह तुम्हारे लाखों में खेलने वाले तुम्हें वह प्यार व मुहब्बत नहीं दे सकते जो मेरे दिल में तुम्हारे लिए मौजूद है।"

ज़हरा जान उकता गयी। उसने अपने एक एक मीरासी को बुलाया और

उससे कहा कि बढ़ई को बाहर निकाल दो, लेकिन वह इससे पहले ही चला गया।

एक बरस के बाद ईंदन पैदा हुई। उसका बाप अब्दुल्लाह था या कोई और उसके मुताल्लिक कोई वसूक से कुछ नहीं कह सकता। बाज़ का ख़याल है कि वह ग़ाजियाबाद के एक हिन्दू सेठ के नुतफ़े से है—किसी के नुतफ़े से भी हो मगर बला की ख़ूबसूरत थी।

उधर ज़हरा जान की उम्र ढलती गयी। इधर ईंदन जवान होती गयी। उसकी माँ ने उसको मौसेकी की बड़ी अच्छी तालीम दी। लड़की जहीन थी। कई उस्तादों से उसने सबक लिये और उनसे दाद वसूल की।

ज़हरा जान की उम्र अब चालीस बर्ष के क़रीब होगी। वह अब उस मंजिल से गुज़र चुकी थी जब किसी तवायफ़ में क़शिश बाकी रहती है। वह अपनी इकलौती लड़की ईंदन के सहारे जी रही थी। अभी तक उसने उससे मुजरा नहीं कराया था वह चाहती थी कि बहुत बड़ी तक़रीब हो जिसका इपतलाह कोई राजा, नवाब करे।

ईंदन बाई के हुस्न के चर्चे आम थे। दूर-दूर तक अय्यास रईसों में इसके तज़करे होते थे। वह अपने एजेण्टों को ज़हरा जान के पास भेजते और ईंदन की नथनी उतारने के लिए अपनी-अपनी पेशकश भेजते। मगर उसको इतनी जल्दी कोई नहीं थी। वह चाहती थी कि मस्सी की रस्म बड़ी धूम-धाम से हो और ज़्यादा से ज़्यादा क़ीमत वसूल करे—उसकी बेटी लाखों में एक थी। सारे शहर में उस जैसी हसीन लड़की कोई और नहीं थी।

उसके हुस्न की नुमाइश करने के लिए वह हर जुमरात की शाम को उसके साथ पैदल बाहर सैर को जाती। इश्क़ पेशा मर्द उसको देखते तो दिल थाम-थाम लेते।

फसी-फसी चोली में गदराया हुआ जोबन सुडौल बाँहें, मख़स्ती उँगलियाँ, जिनके नाख़ूनों जीता-जीता लहू ऐसा रंग। ठुमका सा क़द, घुँघर वाले बाल—क़दम-क़दम पर क़यामत ढाती थी।

आख़िर एक रोज ज़हरा जान की उम्मीद बर आयी। एक नबाव ईंदन पर ऐसा लट्टू हुआ कि मुँह माँगे दाम देने पर रज़ामंद हो गया। ज़हरा जान ने अपनी बेटी की मस्सी की रस्म के लिए बड़ा एहतमाम किया। कई देगे पुलाव और मतजंन की चढ़ाई गयी।

शाम को नवाब साहब अपनी बग्घी में आये। ज़हरा जान ने उनकी बड़ी आवो भगत की—नवाब साहब बहुत ख़ुश हुए। ईंदन दुल्हन बनी हुई थी। नवाब साहब के इरशाद के मुताबिक उसका मुजरा शुरू हुआ—फट पड़ने वाला शबाब था जो महवे नग़मा सराई था।

ईंदन उस शाम बला की ख़ूबसूरत दिखायी दे रही थी। उसकी हर जुम्बिश, हर अदा, उसके गाने की हर सुर जुहद शिकन थी। नवाब गावतकिए का सहारा

लिये बैठे थे। उन्होंने सोचा कि आज रात वह जन्नत की सैर करेंगे, जो किसी और को नसीब नहीं हुई।

वह यह सोच रहे थे कि अचानक एक बेहगंम सा आदमी अन्दर दाख़िल हुआ और ज़हरा जान के पास बैठ गया। वह बहुत घबराई। यह वही बढ़ई था—उसका आशिके ज़ार। बहुत मैले और गन्दे कपड़े पहने था। नवाब को जो बहुत नफ़ासत पसन्द थे उबकाइयाँ आने लगीं। उन्होंने ज़हरा जान से कहा "यह कौन बदूतमीज़ है।"

बढ़ई मुसकुराया, "हजूर मैं इनका आशिक़ हूँ।"

नवाब साहब की तबीयत और ज़्यादा मुक़दर हो गयी, "ज़हरा जान निकालो इस हैवान को बाहर।"

बढ़ई ने अपने थैले से आरी निकाली और बड़ी मज़बूती से ज़हरा जान को पकड़ कर उसकी गर्दन पर तेज़ी से चलाना शुरू कर दी। नवाब साहब और मीरासी वहाँ से भाग गये। ईंदन बेहोश हो गयी।

बढ़ई ने अपना काम बड़े इतमिनान से ख़त्म किया और लहू भरी आरी अपने थैले में डाल कर सीधा थाने गया और इक्बाल जुर्म कर किया—कहा जाता है कि उसे उम्र क़ैद हो गयी।

ईंदन को अपनी माँ के क़त्ल होने का इस क़द्र सदमा हुआ कि दो अढ़ाई महीने तक बीमार रही। डॉक्टरों का ख़याल था कि वह जिन्दा नहीं रहेगी मगर आहिस्ता-आहिस्ता उसकी तबीयत सँभलने लगी और वह इस क़ाबिल हो गयी कि चल फिर सके। अस्पताल में उसकी तीमारदारी सिर्फ़ उसके उस्ताद और मीरासी करते थे। वह नवाब और रईस जो उस पर जान छिड़कते थे भूले से भी उसको पूछने के लिए न आये—वह बहुत दिल बरदाश्त हो गयी।

वह आगरा छोड़ कर देहली चली आयी—मगर उसकी तबीयत इतनी उदास थी कि उसका जी क़तअन मुजरा करने को नहीं चाहता था। उसके पास बीस-पच्चीस हज़ार रुपये के जेवरात थे जिनमें आधे उसकी मक़तूल माँ के थे वह उन्हें बेचती रही और गुज़ारा करती रही।

औरत को ज़ेवर बड़े अजीज़ होते हैं। उसको बड़ा दुख होता था जब वह कोई चूड़ी या नैकलैस औने-पौने दामों बेचती थी—लेकिन आख़िर क्या करती उसका जी ही नहीं चाहता था कि राग रंग की महफ़िलें क़ायम करे।

उन दिनों पाकिस्तान के वयाम का मुतालबा बड़े ज़ोरों पर था। आख़िर एक दिन यह एलान हुआ जो ईंदन ने अपने पाँच वाल्ब रेडियो सेट पर सुना कि हिन्दोस्तान के दो हिस्से हो गये। उसके बाद फ़सादात शुरू हो गये। हिन्दू-मुसलमानों को मारते मुसलमान-हिन्दुओं को—अजीब आलम था। ख़ून पानी से भी अरज़ाँ हो

रहा था।

मुसलमान धड़ा-धड़ पाकिस्तान जा रहे थे कि उनकी जाने महफ़ूज़ रहे। ईंदन ने भी फ़ैसला कर लिया कि वह देहली नहीं रहेगी लाहौर चली जायेगी। बड़ी मुश्किलों से अपने कई जेवरात बेच कर वह लाहौर पहुँच गयी। लेकिन रास्ते में उसकी तमाम बेश कीमत पेशवाजे और बाकी मांदा ज़ेवर उसके अपने भाई मुसलमान भाईयों ही ने ग़ायब कर दिये।

जब वह लाहौर पहुँची तो लुटी-पुटी थी—लेकिन उसका हुस्न वैसे का वैसा था। देहली से लाहौर आते हुए हज़ारों ललचाई हुई आँखों ने उसकी तरफ़ देखा, मगर उसने बेएतनाई बरती।

वह जब लाहौर पहुँची तो उसने सोचा कि ज़िन्दगी बसर कैसे होगी? उसके पास नोचने खाने के लिए भी चन्द पैसे नहीं थे—लेकिन लड़की ज़हीन थी सीधी उस जगह पहुँची जहाँ उसकी हमपेशा रहती थीं। यहाँ उसकी बड़ी आवोभगत की गयी।

उन दिनों लाहौर में रुपया आम था। हिन्दू जो कुछ यहाँ छोड़ गये थे, मुसलमानों की मलकियत बन गया था। हीरामंडी के बारे नियारे थे।

ईंदन को जब लोगों ने देखा तो वह उसके आशिक़ हो गये। रात भर उसको सैकड़ों गाने सुनने वालों की फ़रमाइशें पूरी करनी पड़तीं। सुबह चार बजे के क़रीब जब कि उसकी आवाज़ दे चुकी होती, वह अपने सामईन से माज़रत तलब करती और औंधे मुँह अपनी चारपायी पर लेट जाती।

यह सिलसिला क़रीब-क़रीब डेढ़ बरस तक जारी रहा—ईंदन इसके बाद एक इलाहिदा कोठा किराए पर ले कर वहाँ उठ आयी, चूँकि जहाँ वह मुक़ीम थी, उसे नाइका को उसे अपनी आधी आमदन देनी पड़ती थी।

जब उसने इलाहिदा अपने कौठे पर मुजरा शुरू किया तो उसकी आमदन में इज़ाफा हो गया। अब उसे हर क़िस्म की फ़राग़त हासिल थी। उसने कई ज़ेवर बना लिए। कपड़े भी अच्छे से अच्छे तैयार करा लिए।

इसी दौरान में उसकी मुलाक़ात एक ऐसे शख़्स से हुई जो ब्लैक मार्किट का बादशाह था। उसने कम अज़ कम दो करोड़ रुपये कमाये थे। ख़ूबसूरत था। उसके पास तीन कारें थीं। पहली ही मुलाक़ात पर वह ईंदन के हुस्न से इस क़द्र मुतास्सिर हुआ कि उसने अपनी खुली सफ़ेद पेकार्ड उसके हवाले कर दी।

इसके इलावा वह हर शाम आता और कम अज़ कम दो ढाई सौ रुपये उसकी नज़र करता। एक शाम वह आया तो चाँदनी किसी क़द्र मैली थी। उसने ईंदन से पूछा, "क्या बात है आज तुम्हारी चाँदनी इतनी गन्दी है।"

ईंदन ने एक अदा के साथ जवाब दिया, "आज-कल लट्ठा कहाँ मिलता है?"

दूसरे दिन उस ब्लैक मार्केट के बादशाह ने चालीस थान लट्ठे के भिजवा दिये

इसके तीसरे रोज़ बाद उसने ढाई हज़ार रुपये दिये कि ईंदन अपने घर के आराइश का सामान ख़रीद लाये।

ईंदन को अच्छा गोश्त खाने का बहुत शौक़ था। जब वह आगरे और देहली में थी तो उम्दा गोश्त वहीं मिलता था मगर लाहौर में उसे क़ादरा कसाई बेहतरी गोश्त मुहय्या करता था–बग़ैर रेशे की। हर बोटी खसी होती जैसे रेशम की बनी हो।

दुकान पर अपना शार्गिद बैठा कर क़ादरा सुबह आता और डेढ़ सेर गोश्त जिसकी बोटी-बोटी फड़क रही होती ईंदन के हवाले कर देता। उससे देर तक बातें करता रहता जो, आम तौर पर गोश्त के बारे में ही होतीं।

ब्लैक मार्केट का बादशाह जिसका नाम ज़फ़र शाह था, ईंदन के इश्क़ में बुरी तरह गिरफ़्तार हो चुका था। उसने एक शाम ईंदन से कहा कि वह अपनी सारी जायदाद मकूला और ग़ैर मकूला उसके नाम मुंतकिल करने के लिए तैयार है अगर वह उससे शादी कर ले–मगर ईंदन न मानी। ज़फ़र शाह बहुत मायूस हुआ।

उसने कई बार कोशिश की कि ईंदन उसकी हो जाय, मगर हर बार उसे नाकामी का सामना करना पड़ा। वह मुजरे से फ़ारिग़ हो कर रात के दो-तीन बजे के क़रीब बाहर निकल जाती थी। मालूम नहीं कहाँ।

एक रात जब ज़फ़र शाह अपना ग़म ग़लत करके–यानी शराब पीकर पैदल ही चला आ रहा था तो उसने देखा कि साई–के तकिए के बाहर ईंदन एक निहायत बदनुमा आदमी के पाँव पकड़े इल्तिाएँ कर रही है कि ख़ुदा के लिए मुझ पर नज़रे करम करो। मैं दिल व जान से तुम पर फ़िदा हूँ–तुम इतने ज़ालिम क्यों हो–और वह शख़्स जिसे ग़ौर से देखने पर शाह ज़फ़र ने पहचान लिया कि क़ादरा क़साई है, उसे दुतकार रहा है "जा–हमने आज तक किसी कंजरी को मुँह नहीं लगाया–मुझे तंग न किया करो–"

क़ादरा उसे ठोकरें मारता रहा और ईंदन इसी में लज्जत महसूस करती रही।

ख़ुदकुशी

ज़ाहिद सिर्फ़ नाम ही का ज़ाहिद नहीं था। उसके ज़ोहद और तक़वे के सब कायल थे। उसने पच्चीस बरस की उम्र में शादी की। उस ज़माने में उसके पास दस हज़ार रुपये के क़रीब थे, शादी पर दस हज़ार सिर्फ़ हो गये। इतनी ही रक़म बाक़ी रह गयी।

ज़ाहिद बहुत खुश था। उसकी बीवी बड़ी खुश ख़सलत और ख़ूबसूरत थी। उसको उससे बेपनाह मुहब्बत हो गयी। वह भी उसको दिल व जान से चाहती थी। दोनों समझते थे कि जन्नत में आबाद हैं।

एक बरस बाद उनके एक लड़की पैदा हुई जो माँ पर थी, यानी वैसी ही हसीन। बड़ी-बड़ी ग़िलाफ़ी आँखें, इन पर लम्बी पलकें महीन अबरू छोटा-सा लब दहन—उस लड़की का नाम सोचने में काफ़ी देर लग गयी। जाहिद और उसकी बीवी को दूसरों के तज़वीज किये हुए नाम पसन्द नहीं आते। वह चाहती थी कि ख़ुद ज़ाहिद नाम बताए।

ज़ाहिद देर तक सोचता रहा, लेकिन उसके दिमाग़ में ऐसा कोई मौजूँ व मुनासिब नाम न आया जो वह अपनी बेटी के लिए मुन्तख़िब करता।

उसने अपनी बीवी से कहा, "इतनी जल्दी क्या है—नाम रख लिया जायेगा।"

बीवी मुसिर थी कि नाम ज़रूर रखा जाय "मैं अपनी बेटी को इतनी देर बे नाम नहीं रखना चाहती।"

वह कहता, "इसमें क्या हर्ज़ है—जब कोई अच्छा सा नाम ज़हन में आयेगा तो इस गुल गोथनी के साथ टाँक देगे।"

"पर मैं इसे क्या कह कर पुकारूँ?—मुझे बड़ी उलझन होती है।"

"फ़िलहाल बिटिया कह देना काफ़ी है।"

"यह काफी नहीं है—मेरी बिटिया का कोई नाम होना चाहिए।"

"तुम ख़ुद ही कोई मतखिब कर लो।"

"यह काम आपका है मेरा नहीं।"

"तो थोड़े दिन इन्तज़ार करो—मैं उर्दू की लुग़त लाता हूँ—उसके पहले सफ़हे से आख़री सफ़हे तक ग़ौर से देखूँगा—यक़ीनन कोई अच्छा सा नाम मिल जायेगा।"

"मैंने आज तक यह नहीं सुना था कि लोग अपने बच्चे बच्चियों के नाम डिक्शनरियों से निकालते हैं।"

"नहीं मेरी जान, निकालते हैं—मेरा एक दोस्त है। उसके यहाँ जब बच्ची पैदा हुई तो उसने फ़ौरन लुग़त निकाली और उसने वर्क गरदानी करने के बाद एक नाम चुन लिया।"

"क्या नाम था।"

"निकहत।"

"इसके माने क्या हैं।"

"खुशबू"

"बड़ा अच्छा नाम है—निकहत—याने खुशबू"

"यही नाम रख लो।"

ज़ाहिद की बीवी ने अपनी बच्ची को जो सो रही थी एक नज़र देखा और कहा "नहीं—मैं अपनी बिटिया के लिए पुराना नाम नहीं चाहती—कोई नया नाम तलाश कीजिए—जाइए डिक्शनरी ले आइए।"

ज़ाहिद मुसकुराया—"लेकिन मेरे पास पैसे कहाँ हैं?"

ज़ाहिद की बीवी भी मुसकराई, "मेरा पर्स अलमारी पर पड़ा है, उसमें जितने रुपये आपको चाहिए निकाल लीजिए।"

ज़ाहिद ने "बहुत बेहतर" कहा और अलमारी खोल कर उसमें से अपनी बीवी का पर्स निकाला और दस रुपये का एक नोट ले कर बाज़ार रवाना हो गया लुगत ख़रीदने।

वह कई कुतुब फ़रोश दुकानों में गया—कई लुग़त देखे। बाज़ तो बहुत कीमती थे, जिन की तीन-तीन जिल्दें थी। कुछ बड़े नाक़िस—आख़िर उसने एक लुग़त जिसकी कीमत वाजबी थी ख़रीद लिया और रास्ते में उसकी वर्क गरदानी करता रहा, ताकि नाम का मसला जल्द हल हो जाय।

जब वह अनार कली में से गुज़र रहा था तो उसको एक दोस्त मिल गया। वह उसे अपनी बूटों की दुकान में ले गया—वहाँ से उसे क़रीब-क़रीब एक घंटे तक बैठना पड़ा क्योंकि बहुत देर के बाद उससे मुलाक़ात हुई थी। जब उसके दोस्त को दौरान गुफ़्तगू पता चला कि ज़ाहिद के यहाँ लड़की हुई है तो वह बहुत खुश हुआ। तिज़ोरी में से ग्यारह रुपये निकाले और ज़ाहिद से कहा, "यह उस बच्ची को दे देना, कहना तुम्हारे चचा ने दिये हैं—नाम क्या रखा है उसका?"

ज़ाहिद ने लुग़त की तरफ़ देखा जिस की जिल्द लाल रंग की थी "अमी तक कोई अच्छा नाम सूझा नहीं।"

उसके दोस्त ने जूते को कपड़े से साफ़ करते हुए कहा, "यार नाम रखने में दिक्कत ही क्या पेश आती है। शमीनिया है। शाहीना है। नसरीन है, अल्मास है।"

ज़ाहिद ने जबाव दिया "यह सब बकवास है।"

उसके दोस्त ने जूता डब्बे में रखा, "तो अब जो बकवास तुम करोगे वह भी हम सुन लेंगे।" इसके बाद उठकर उसने ज़ाहिद को गले से लगाया ख़ुदा उसकी उम्र दराज करे—नाम हो न हो इससे क्या फ़र्क़ पड़ता है।

ज़ाहिद जब दुकान से बाहर निकला तो उसने सोचना शुरू कर दिया कि वाक़ई नाम में क्या रखा है। खैरात का यह मतलब तो नहीं कि वह बड़ी ख़ैरात करता है। ईंदन क्या बला है—और घसीटा—क्या उसे लोग घसीटना शुरू कर दें—और यह रुल्दू—शबराती?

उसके जी में आया कि लुग़त किसी गन्दी मोरी में फेंक दे और घर जा कर अपनी बीवी से कहे "मेरी जान नाम में कुछ नहीं पड़ा। बस यह दुआ करो कि बच्ची की उम्र दराज़ हो—"

वह मुख्तलिफ़ ख़यालात में गर्क था—लेकिन मालूम नहीं क्यों उसका दिल ग़ैरमामूली तौर पर धड़क रहा था। उसने सोचा शायद कि उसकी परागन्दा ख़याली का बायस है—थोड़ी दूर चलने के बाद उसकी तबीयत बहुत ज़्यादा मज़तरिब हो गयी। वह चाहता था कि उड़कर घर पहुँचे और अपनी बच्ची की पेशानी चूमें।

बगल में लुग़त थी—इसको उसने कई बार देखने की कोशिश की मगर उसका दिल व दिमाग़ मुतवाज़िन नहीं था—उसने तेज़-तेज़ चलना शुरू कर दिया—मगर थोड़ा फ़ासला तै करने के बाद वह बहुत बुरी तरह हाँफने लगा और एक दुकान के थड़े पर बैठ गया—इतने में एक ख़ाली ताँगा आया। उसने उसको ठहराया और उसमें बैठ कर ताँगे वाले से कहा, "चलो मजंग ले चलो लेकिन जल्दी पहुँचाओ मुझे वहाँ—एक बड़ा ज़रूरी काम है।"

मगर घोड़ा बहुत ही सुस्त रफ़्तार था। या शायद ज़ाहिद को ऐसा महसूस हुआ कि उसको उजलत थी। वह बर्क़ रफ़्तारी से घर पहुँचना चाहता था।

उसने कई मरतवा ताँगे वाले से सख़्त सुस्त अलफ़ाज़ कहे जो वह बरदाश्त करता गया। आख़िर जब उसकी बरदाश्त का पैमाना लबरेज़ हो गया तो उसने ज़ाहिद को ताँगे से उतार दिया—हाई कोर्ट के क़रीब। उसने ज़ाहिद से किराया भी तलब न किया।

ज़ाहिद और ज़्यादा परेशान हुआ। वह ज़ल्द घर पहुँचना चाहता था। वह कुछ देर चौक में खड़ा रहा। इतने में एक पेशावरी ताँगा आया। इस में बैठ कर वह मज़ंग पहुँचा किराया अदा किया और अपने घर में दाख़िल हुआ।

क्या देखता है कि सहन में कई औरतें खड़ी हैं जो ग़ालिबन हम साई थी। वह दरवाज़े के पास रुक गया। एक औरत दूसरी औरत से वह रही थी मुश्किल ही से बचेगी बेचारी वशंज के यह दौरे ख़तरनाक हैं।

ज़ाहिद उन औरतों की परवाह न करते हुए दीवानावार अन्दर भागा और उस

कमरे में पहुँचा जहाँ वह और उसकी बीवी रहते थे। अन्दर दाखिल होते ही उसने अपनी बीवी की फ़लक शिगाफ चीख़ सुनी।

उसकी बिटिया दम तोड़ चुकी थी और उसकी बीवी बेहोश पड़ी थी। ज़ाहिद ने अपना सर पीटना शुरू कर दया। हम साइयाँ पर्दे को भूल कर बेख़्तियार अन्दर चली आयीं और ज़ाहिद को उस कमरे से निकाल दिया।

एक हमसाई के शौहर के पास मोटर थी। वह एक डॉक्टर ले आया। उसने ज़ाहिद की बीवी को एक दो इंजेक्शन लगाये जिनसे वह होश में आ गयी।

ज़ाहिद एक ऐसे आवम में था कि उसके सोचने समझने की तमाम कुव्वते मुअत्तल हो गयी थी। वह सहन में एक कुर्सी पर बैठा बगल में लुग़त दबाये ख़ला में देख रहा था जैसे वह अपनी बच्ची के लिए कोई नाम तलाश करने में महव है।

बच्ची को दफ़नाने का वक़्त आया तो ज़ाहिद बेहोश हो गया। उसने कोई आँसू न बहाया, कफ़न में पड़ी बच्ची को उठाया और अपने दोस्तों और हम सायों के हमराह कब्रिस्तान रवाना हो गया। वहाँ कब्र पहले ही तैयार करा ली गयी थी इसमें उसने ख़ुद उसे लिटाया और उसके साथ लुग़त रख दी।

लोगों ने समझा कुर्आन मजीद है। उन्हें बड़ी हैरत हुई कि मुर्दों के साथ कुर्आन कौन दफ़न करता है। यह तो सरासर कुफ्र है लेकिन उनमें से किसी ने भी ज़ाहिद से इसके मुताल्लिक कुछ न कहा, बस आपस में खुसुर-फुसुर करते रहे।

बच्ची को दफ़ना कर जब घर आया तो उसे मालूम हुआ कि उसकी बीवी को बहुत तेज़ बुखार है सरसाम की कीफ़ियत है।

फ़ौरन डॉक्टर बुलाया गया उसने अच्छी तरह देखा और ज़ाहिद से कहा हालत बहुत नाजुक है–"मैं इलाज तजवीज किये देता हूँ लेकिन मैं सेहत की बहाली के मुताल्लिक कुछ नहीं कह सकता।"

ज़ाहिद को ऐसा महसूस हुआ कि उस पर बिजली आन गिरी है, लेकिन उसने सँभल कर डॉक्टर से पूछा, "तकलीफ़ क्या है?"

डॉक्टर ने जवाब दिया, "बहुत सी तकलीफ़ें हैं–एक तो यह कि इन्हें बहुत बड़ा सदमा पहुँचा। दूसरी यह कि इनका दिल बहुत कमज़ोर है–तीसरी यह कि इन्हें एक सौ पाँच डिग्री बुखार है।"

डॉक्टर ने चन्द टीके तजवीज किये। दो नुसखे पिलाने वाली दवाओं के लिखे और चला गया।

ज़ाहिद फ़ौरन यह सब चीज़ें ले आया। टीके लगाये, दवाएँ बड़ी मुश्किल से हलक में टपकाई गयीं–लेकिन मरीजा की हालत बेहतर न हुई।

दस-पन्द्रह रोज़ के बाद उसे थोड़ा-सा होश आया। हिज़यानी कैफ़ियत भी दूर हो गयी। ज़ाहिद ने इतमिनान की साँस ली। उसकी प्यारी हसीन बीवी ने उसे बुलाया और बड़ी नहीफ़ आवाज़ में कहा, "मेरा अब आख़िरी वक़्त आ गया है, मैं

चन्द घड़ियों की मेहमान हूँ—"

ज़ाहिद की आँखों में आँसू आ गये, "कैसी बाते करती हो तुम—तुम्हें ख़ुदा-नख्वास्ता अगर कुछ हो गया तो मैं कहाँ ज़िन्दा रहूँगा।"

उसकी बीवी ने अपनी बड़ी-बड़ी आँखों से उसकी तरफ़ देखा, "यह सब कहने की बातें है—मैं मर गयी कल दूसरी आ जायेगी—ख़ुदा आपकी उम्रदराज़ दें—और—और—"

उसने हिचकी ली और एक सेकंड के अन्दर-अन्दर उसकी रूह परवाज़ कर गयी—ज़ाहिद ने बड़े सब्र व तहम्मुल से काम लिया। उसके कफ़न-दफ़न से फ़ारिग हो कर वह रात को घर से बाहर निकला और रेलवे टाइम टेबुल देख कर रेलवे लाइन का रुख़ किया।

रात को साढ़े नौ बजे के क़रीब एक गाड़ी आती थी। वह मुगलपुरा की तरफ़ रवाना हो गया, ताकि वहाँ पटरी पर लेट जाय और उसे कोई देख न सके। गाड़ी आयेगी तो उसका ख़ात्मा हो जायेगा—मुझे लम्बी उम्र की कोई ख़्वाहिश नहीं—यह जल्दी मुख़्तसर हो इतना ही अच्छा है मैं अब और ज़्यादा सदमे बरदाश्त नहीं कर सकता।

जब रेलवे लाइन के पास पहुँचा तो उसे गाड़ी की तेज़ रोशनी जो इंजन की पेशानी पर होती है दिखायी दी—लेकिन अभी वह दूर थी। उसने इन्तेज़ार किया कि जब क़रीब आयेगी तो वह पटरी पर लेट जायेगा।

थोड़ी देर बाद गाड़ी क़रीब आ गयी—ज़ाहिद आगे बढ़ा मगर उसने देखा कि एक आदमी कहीं से नमूदार हुआ और पटरी के ऐन दरमियान खड़ा हो गया। गाड़ी बड़ी तेज़ रफ़्तारी से आ रही थी और क़रीब था कि वह आदमी उसकी झपट में आ जाय। वह तेज़ी से लपका और उस आदमी को धक्का देकर उस तरफ़ गिरा दिया—गाड़ी दनदनाती हुई गुज़र गयी।

इस आदमी से ज़ाहिद ने कहा, "क्या तुम ख़ुदकुशी करना चाहते थे?"

उसने जवाब दिया, "जी हाँ।"

"क्यों?"

"बस—सदम उठाते-उठाते अब जीने को जी नहीं चाहता।"

ज़ाहिद नासेह बन गया "भाई मेरे ज़िन्दगी जिन्दा रहने के लिए है। इसको अच्छी तरह इस्तेमाल करो। ख़ुदकुशी बहुत बड़ी बुज़दिली है—अपनी जान ख़ुद लेना कहाँ की अक्लमन्दी है—उठो अपने सदमों को भूल जाओ—इंसान की ज़िन्दगी में सदमे न हो तो वह खुशियों से क्या हज़ उठाएगा—चलो मेरे साथ।"

पेशावर से लाहौर तक

वह इंटर क्लास के जनाना डब्बे से निकली। उसके हाथ में छोटा-सा अटैची केस था। जावेद पेशावर से उसे देखता चला आ रहा था। रावलपिण्डी के स्टेशन पर गाड़ी काफ़ी देर ठहरी तो वह साथ वाले ज़नाना डब्बे के पास से कई मरतबा गुज़रा।

लड़की हसीन थी। जावेद उसकी मुहब्बत में गिरफ़्तार हो गया। उसकी नाक की फुनंग पर छोटा-सा तिल था। गालों में नन्हे-नन्हे गड्ढे थे जो उसके चेहरे पर बहुत भले लगते थे। रावलपिण्डी स्टेशन पर उस लड़की ने खाना मँगवाया। बड़े इतमिनान से एक-एक निवाला उठा कर अपने मुँह में डालती रही। जावेद दूर खड़ा यह सब देखता रहा। उसका जी चाहता था कि वह भी उसके साथ बैठ जाय और दोनों मिल कर खाना खाएँ।

वह यक़ीनन उसके पास पहुँच जाता मगर मुसीबत यह थी कि डब्बा ज़नाना था औरतों से भरा हुआ, यही वजह है कि जुर्अत न कर सका।

लड़की ने खाना खाने के बाद हाथ धोये जो बहुत नाज़ुक थे। लम्बी-लम्बी मख़्स्ती उँगलियाँ, जिनको उसने अच्छी तरह साफ़ किया और अटैची केस से तौलिया निकाल कर अपने हाथ पोछे। फिर इतमिनान से अपती सीट पर बैठ गयी।

जावेद गाड़ी चलने तक उसकी तरफ़ देखता रहा। आख़िर अपने डब्बे में सवार हो गया और उसी लड़की के ख़यालों मे ग़र्क़ हो गया।

मालूम तो यह होता है कि बड़े अच्छे घराने की है।

दोनों कलाइयों में क़रीब-क़रीब बारह-बारह सोने की चूड़ियाँ होंगी। कानों में टाप्स भी थे। दो उँगलियों में अगर मेरा अन्दाज़ा ग़लत नहीं तो हीरे की अँगूठियाँ हैं। लिबास बहुत उम्दा। साटन की शलवार टफ़टिया की कमीज़ शनूत का दोपट्टा।

हैरत है कि घटिया दर्जे में क्यों सफ़र कर रही है?

पेशावर से आयी है—वहाँ की औरतें तो सख़्त पर्दा करती हैं—लेकिन यह बुर्के के बग़ैर वहाँ से गाड़ी में सवार हुई।

और इसके साथ कोई मर्द भी नहीं—न कोई औरत। अकेली सफ़र कर रही है आख़िर यह क़िस्सा क्या है।

मेरा ख़याल है, पेशावर की रहने वाली नहीं—वहाँ किसी अज़ीज़ से मिलने गयी होगी—मगर अकेली क्यों?—क्या इसे डर नहीं लगा कि उठा कर ले जायेगा कोई—ऐसे तन्हा पर तो हर मर्द झपट्टा मारना चाहता है।

फिर जावेद को एक अन्देशा हुआ—कि शादी शुदा तो नहीं?

वह दरअस्ल दिल में तहयूया कर चुका था कि उस लड़की का पीछा करेगा और रोमान लगकर उससे शादी कर लेगा। वह हरामकारी का बिलकुल क़ायल नहीं था।

कई स्टेशन आये और गुज़र गये—उसे सिर्फ़ रावलपिण्डी तक जाना था कि वहाँ ही उसका घर था, मगर वह बहुत आगे निकल गया।

एक स्टेशन पर चेकिंग हुई, जिसके बायस उसे जुर्माना अदा करना पड़ा मगर उसने इसकी कोई परवाह न की।

टिकट चेकर ने पूछा, "आपको कहाँ तक जाना है।"

जावेद मुसकुराया, "जी अभी तक मालूम नहीं—आप लाहौर का टिकट बना दीजिए कि वही आख़री स्टेशन है।"

टिकट चेकर ने उसे लाहौर का टिकट बना दिया, रुपये वसूल किये और दूसरे स्टेशन पर उतर गया। जावेद भी उतरा कि ट्रेन को टाइमटेबुल के मुताबिक पाँच मिनट ठहराना था।

साथ वाले कम्पार्टमेंट के पास गया। वह लड़की खिड़की के साथ लगी दाँतों से खेला कर रही थी। जावेद की तरफ़ जब उसने देखा तो उसके दिल व दिमाग़ में च्यूँटियाँ दौड़ने लगीं। उसने महसूस किया कि वह उसकी मौजूदगी से ग़ाफ़िल नहीं है। समझ गयी है कि वह बार-बार सिर्फ़ उसे ही देखने आता है।

जावेद को देख कर वह मुसकुराई। उसका दिल बाग़-बाग़ हो गया—लेकिन जावेद फर्ते जज़बात की वजह से फ़ौरन वहाँ से हट कर अपने डब्बे में चला गया और रोमानों की दुनिया की सैर करने लगा—उसको ऐसा महसूस होता था कि उसके आस-पास की तमाम चीज़ें मुसकुरा रही हैं।

ट्रेन का पंखा मुसकुरा रहा है—खिड़की से बाहर तार के खम्बे मुसकुरा रहे हैं—इंजन की सीटी मुसकुरा रही है और वह बदसूरत मुसाफ़िर जो उसकें साथ बैठा था, उसके मोटे-मोटे होंठों पर भी मुसकुराहट है—उसके अपने होंठो पर मुसकुराहट नहीं थी लेकिन उसका दिल मुसकुरा रहा था।

अगले स्टेशन पर जब वह साथ वाले कम्पार्टमेंट के पास गया तो वह लड़की वहाँ नहीं थी। उसका दिल धक से रह गया। कहाँ चली गयी? कहीं पिछले स्टेशन पर तो नहीं उतर गयी जहाँ उसने एक मुसकुराहट से मुझे नवाज़ा था?—नहीं-नहीं

गुसलख़ाने में होगी।

वह वाक़ई गुसलख़ाने ही में थी। एक मिनट के बाद वह खिड़की में नमूदार हुई। जावेद को देख कर मुसकुराई और हाथ के इशारे से उसको बुलाया।

जावेद काँपता लरज़ता खिड़की के पास पहुँचा। उस लड़की ने बड़ी महीने और सुरीली आवाज़ में कहा, "एक तकलीफ़ देना चाहती हूँ आपको–मुझे दो सेब ला दीजिए"–यह कह कर उसने अपना पर्स निकाला और एक रुपये का नोट जावेद की तरफ़ बढ़ा दिया।

जावेद ने इस ग़ैर मुतवक्के बुलावे से क़रीब-क़रीब बर्क जदह था, एक रुपये का नोट पकड़ लिया लेकिन फ़ौरन उसके होश हवास बरक़रार हो गये। नोट वापस देकर उसने लड़की से कहा, "आप यह रखिए मैं सेब ले आता हूँ।" और वह पलट कर प्लेटफ़ार्म पर उस रेढ़ी की तरफ़ दौड़ा जिसमें फल बेचे जाते थे। उसने जल्दी-जल्दी छह सेब ख़रीदे, क्योंकि विसिल हो चुकी थी।

दौड़ा-दौड़ा वह उस लड़की के पास आया। उसको सेब दिये और कहा "माफ़ कीजिएगा–विसिल हो रही थी इसलिए मैं अच्छे सेब चुन न सका।"

लड़की मुसकुराई–वही दिलफ़रेब मुसकुराहट–गाड़ी हरकत में आयी जावेद अपने कम्पार्टमेंट में दाख़िल होते गो काँप रहा था लेकिन बहुत खुश था उसको ऐसा महसूस हो रहा था कि उसको दोनों जहान मिल गये हैं। उसने अपनी ज़िन्दगी में कभी किसी से मुहब्बत नहीं की थी, लेकिन अब वह इसकी लज़्ज़त से लुत्फ़ अन्दोज़ हो रहा था।

उसकी उम्र पच्चीस बरस के क़रीब थी। उसने सोचा कि इतनी देर मैं कितना ख़ुश्क रहा हूँ। आज मालूम हुआ कि मुहब्बत इंसान को कितना तरोताज़ह बना देती है–वह सेब खा रही होगी–लेकिन उसके गाल तो ख़ुद सेब हैं। मैंने जो सेब उसको दिये हैं क्या वह उनको देख कर शर्मिन्दा नहीं होंगे।

वह मेरी मुहब्बत के इशारों को समझ गयी है जभी तो वह मुसकराई और उसने मुझे हाथ के इशारे से बुलाया और कहा कि मैं उस सेब ला दूँ।

मुझसे अगर वह कहती कि गाड़ी का रुख पलट दूँ तो मैं ख़ुदा की क़सम उसकी ख़ातिर यह भी कर देता। गो मुझमें इतनी ताक़त नहीं। लेकिन मुहब्बत में आदमी बहुत बड़े-बड़े काम सरअंजाम दे सकता है–फ़रहाद ने शीरी के लिए पहाड़ काट कर क्या नहर नहीं खोदी थी?

मैं भी कितना बेवकूफ़ हूँ उससे और कुछ नहीं तो कम अज़ कम यही पूछ लिया होता कि तुम्हें कहाँ तक जाना है–और मैं लाहौर तक का टिकट तो बन चुका हूँ–हर स्टेशन पर देख लिया करूँगा।

वैसे वह जब मुझे बिना बताए जायेगी भी नहीं–शरीफ़ ख़ानदान की लड़की है–मेरे जजबऐ-मुहब्बत ने उसे काफ़ी मुतास्सिर किया है–सेब खा रही है, काश

कि मैं उसके पास बैठा होता। हम दोनों एक सेब को बयकवक़्त अपने दाँतों से काटते—उसका मुँह मेरे मुँह से कितना क़रीब होता।

मैं उसके घर का पता लूँगा—जरा और बातें कर लूँ, फिर रावलपिण्डी पहुँच कर अम्मी से कहूँगा कि मैंने एक लड़की देख ली है उससे मेरी शादी कर दीजिए। वह मेरी बात कभी नहीं टालेंगी—बस एक दो महीने के अन्दर-अन्दर शादी हो जायेगी।

अगले स्टेशन पर जावेद उसे देखने लगा तो वह पानी पी रही थी। वह जुर्अत करके आगे बढ़ा और उससे मुख़ातिब हुआ, "आपको किसी और चीज़ की ज़रूरत हो तो फ़रमाइए।"

लड़की मुसकुराई वही दिलफ़रेब मुसकुराहट, "मुझे सिगरेट ला दीजिए।"

जावेद ने बड़ी हैरत से पूछा, "आप सिगरेट पीती हैं?"

वह लड़की फिर मुसकुराई, "जी नहीं—यहाँ एक औरत है, पर्दादार, उसको सिगरेट पीने की आदत है।"

"ओह!—मैं अभी लाया—किस ब्राण्ड के सिगरेट हो?"

"मेरा ख़याल है वह गोल्ड फ़्लैक पीती है।"

"मैं अभी हाज़िर किये देता हूँ।" यह कह कर जावेद स्टाल की तरफ़ दौड़ा। वहाँ से उसने दो पैकेट लिये और उसे लड़की के हवाले कर दिया। उसने शुक्रिया उस औरत की तरफ़ से अदा किया जो सिगरेट पीने की आदी थी।

जावेद अब और भी ख़ुश था कि उस लड़की से एक और मुलाक़ात हो गयी मगर इस बात की बड़ी उलझन थी कि वह उसका नाम नहीं जानता था उसने कई मरतबा ख़ुद को कोसा कि उसने नाम क्यों न पूछा। इतनी बातें होती रहीं, लेकिन वह उससे इतना भी न कह सका "आप का नाम?"

उसने इरादा कर लिया कि अगले स्टेशन पर जब गाड़ी ठहरेगी तो वह उससे नाम ज़रूर पूछेगा। उसे यक़ीन था कि वह फ़ौरन बता देगी क्योंकि इसमें कबाहत ही क्या थी।

अगला स्टेशन बहुत देर के बाद आया, इसलिए कि फ़ासला बहुत लम्बा था। जावेद को बड़ी कोफ़्त हो रही थी। उसने कई मरतबा टाइम टेबुल देखा। घड़ी बार-बार देखी—उसका जी चाहता था कि इंजन को पर लग जायें ताकि वह उड़कर जल्दी अगले स्टेशन पहुँच जाय।

गाड़ी एकदम रुक गयी। मालूम हुआ कि इंजन के साथ एक भैंस टकरा गयी है—वह अपने कम्पार्टमेंट से उतर कर साथ वाले डब्बे के पास पहुँचा, मगर लड़की अपनी सीट पर मौजूद नहीं थी।

मुसाफ़िरों ने मरी कटी हुई भैंस को पटरी से हटाने में काफ़ी देर लगा दी। इतने में वह लड़की जो ग़ालिबन दूसरी तरफ़ तमाशा देखने मे मशग़ूल थी, आयी

और अपनी सीट पर बैठ गयी। जावेद पर जब उसकी नज़र पड़ी तो मुसकुराई—वही दिलफ़रेब मुसकुराहट।

जावेद खिड़की के पास गया, मगर उसका नाम पूछ न सका।

लड़की ने उससे कहा, "यह भैंसे क्यों गाड़ी के नीचे आ जाती हैं।"

जावेद को कोई जवाब न सूझा गाड़ी चलने वाली थी, इसलिए वह अपने कम्पार्टमेंट में चला गया।

कई स्टेशन आये, मगर वह न उतरा, आख़िर लाहौर आ गया। प्लेटफार्म पर जब गाड़ी रुकी तो वह जल्दी-जल्दी बाहर निकला। लड़की मौजूद थी। जावेद ने अपना सामान निकलवाया और उससे जिसने हाथ में अटैची कैस पकड़ा हुआ था कहा "लाइए यह अटैची केस मुझे दे दीजिए।"

उस लड़की ने अटैची केस जावेद के हवाले कर दिया। कुली ने जावेद का सामान उठाया और दोनों बाहर निकले। ताँगा लिया। जावेद ने उससे पूछा "आपको जाना कहाँ है?"

लड़की ने बड़े नर्म व नाज़ुक लहज़े में जवाब दिया "जी रावी रोड।"

"चलिए मैं आपको वहाँ छोड़ आता हूँ।"

"बहुत बहुत शुक्रिया।"

ताँगा रावी रोड से गुज़र रहा था—जावेद ने उस लड़की से पूछा "कहाँ जाइएगा अब आप?"

लड़की के होंटों पर वही दिलफ़रेब मुसकुराहट पैदा हुई, "जी हीरा मण्डी।"

जावेद बौखला सा गया, "क्या आप वहाँ रहती हैं।"

लड़की ने बड़ी सादगी से जवाब दिया, "जी हाँ मेरा मकान देख लें आज रात मेरा मुजरा सुनने ज़रूर आइएगा।"

जावेद पेशावर से लाहौर तक अपना मुजरा सुन चुका था। उसने उस तवायफ़ को उसके घर छोड़ा और उसी ताँगे में सीधा लारियों के अड्डे पर पहुँचा और रावलपिण्डी रवाना हो गया।

बिजली पहलवान

बिजली पहलवान से मुताल्लिक बहुत से क़िस्से मशहूर है। कहते हैं कि वह बर्क़ रफ़्तार था। बिजली के मानिन्द अपने दुश्मनों पर गिरता था और उन्हें भस्म कर देता था—लेकिन जब मैंने उसे मुग़ल बाज़ार में देखा तो वह मुझे बेजार ददू की मानिन्द आया। बड़ा फुसफुस-सा। तोंद बाहर निकली हुई बन्द-बन्द ढीले गाल लटके हुए। अलबता उसका रंग सुर्ख़ सफ़ेद था।

वह मुग़ल बाज़ार में एक बज़ाज़ की दुकान पर आलती पालती मारे बैठा था। मैंने उसको ग़ौर से देखा मुझे उसमें कोई गुण्डा पन नज़र न आया हालाँकि उसके मुताल्लिक मशहूर यही था कि हिन्दुओं का वह सबसे बड़ा गुण्डा है।

वह गुण्डा हो ही नहीं सकता इसलिए कि उसके ख़द बखाल इसकी नफ़री करते थे। मैं थोड़ी देर सामने वाली किताबों की दुकान के पास खड़ा उसको देखता रहा। इतने में एक मुसलमान औरत जो देखने में बड़ी मुफ़लिस दिखायी देती थी बज़ाज़ की दुकान पर पहुँची। बिजली पहलवान से उसने कहा, "मुझे बिजली पहलवान साहब से मिलना है।"

बिजली पहलवान ने हाथ जोड़ कर उसे परनाम किया, "माता मैं ही बिजली पहलवान हूँ।"

उस औरत ने उसको सलाम किया, "ख़ुदा तुम्हें सलामत—मैंने सुना है कि तुम बड़े दयालु हो।"

बिजली ने बड़ी इंकिसारी से कहा, "माता दयाल परमेश्वर है—मैं क्या दया कर सकता हूँ। लेकिन तुम मुझे बताओ कि मैं क्या सेवा कर सकता हूँ।"

"बेटा मुझे अपनी जवान लड़की का ब्याह करना है—तुम अगर मेरी कुछ मदद कर सको तो मैं सारी उम्र तुम्हें दुआयें दूँगी।"

बिजली ने उस औरत से पूछा, "कितने रुपयों में काम चल जायेगा।"

औरत ने जवाब दिया, "बेटा तुम ख़ुद ही समझ लो—मैं तो भिकारिन बन कर तुम्हारे पास आयी हूँ।"

बिजली ने कहा, "भिकारिन मुँह से कहो—मेरा फ़र्ज़ है कि तुम्हारी मदद करूँ। इसके बाद उसने बज़ाज़ से जो थान तह कर रहा था कहा, "लाला जी दो

हज़ार रुपये निकालिए।"

लाला जी ने दो हज़ार रुपये फ़ौरन अपनी सन्दूकची से निकाले और गिन कर बिजली पहलवान को दे दिये। यह रुपये उसने उस औरत को पेश कर दिये "माता—भगवान करे तुम्हारी बेटी के भाग अच्छे हों।"

वह औरत चन्द लमहात के लिए नोट हाथ में लिये बुत बनी खड़ी रही ग़ालिबन उसको इतने रुपये एकदम मिल जाने की तवक्के नहीं थी।

जब वह सँभली तो उसने बिजली पहलवान पर दुआओं की बौछार कर दी। मैंने देखा कि पहलवान बड़ी उलझन महसूस कर रहा था। आख़िर उसने उस औरत से कहा, "माता मुझे शर्मिन्दा न करो—जाओ, अपनी बेटी के दान व दहेज़ का इन्तेजाम करो—उसको मेरा आशीर्वाद देना।"

मैं सोच रहा था कि यह किस क़िस्म का गुण्डा और बदमाश है जो दो हज़ार रुपये एक ऐसी औरत को जो मुसलमान है और जिसे वह जानता भी नहीं, दो हज़ार रुपये पकड़ा देता है। लेकिन बाद में मुझे मालूम हुआ कि वह बड़ा मुखय्यर है। हर महीने हज़ारों रुपये दान के तौर पर देता है।

मुझे चूँकि उसकी शख़्सियत में दिलचस्पी पैदा हो गयी थी, इसलिए मैंने काफ़ी छान-बीन के बाद बिजली पहलवान के मुताल्लिक कई मालूमात हासिल की।

मुग़ल बाज़ार की अक्सर दुकानें उसकी थीं। हलवाई की दुकान है, बज़ाज की दुकान है, शरबत बेचने वाला है शीशे फ़रोख्त करने वाला है। पंसारी है ग़र्ज़ कि इस सिरे से उस सिरे तक जहाँ तक वह बज़ाज़ की दुकान में बैठता था उसने एक लाइन ऑफ़ कम्यूनिकेशन क़ायम कर रखी थी ताकि अगर पुलिस छापा मारने की गर्ज़ से आये तो उसे फ़ौरन इतिला मिल जाय।

दरअस्ल इस की दो बैठकों में जो बज़ाज़ की दुकान के बिलकुल सामने थीं, बहुत भारी जुआ होता था। हर रोज़ हजारों रुपये नाल की सूरत में उसे वसूल हो जाते थे।

वह ख़ुद जुआ नहीं खेलता था न शराब पीता था। मगर उसकी बैठकों में शराब हर वक़्त मिल सकती थी, इससे भी उसकी आमदन काफ़ी थी।

शहर के जितने बड़े-बड़े गुण्डे थे। उसको उसने हफ़्ता मुकर्रर कर रखा था यानी हफ़्तावार उन्हें उनके मरतबे के मुताबिक तनख़्वाह मिल जाती थी। मेरा ख़याल है, उसने यह सिलसिला हिफ्ज़े या तक़द्दम शुरू किया। वह गुण्डे बड़े ख़तरनाक क़िस्म के थे।

जहाँ तक मुझे याद है यह गुण्डे सब के सब मुसलमान थे, ज़्यादातर हाथी दरवाज़े। हर हफ़्ते बिजली पहलवान के पास जाते और अपनी तनख़्वाह वसूल कर लेते—वह उनको कभी नाउम्मीद न लौटाता, इसलिए कि उसके पास

रुपया आम था।

मैंने सुना कि एक दिन वह बज़ाज़ की दुकान पर हस्बे मामूल बैठा था कि एक हिन्दू बनिया जो काफ़ी मालदार था, उसकी ख़िदमत में हाज़िर हआ और अर्ज़ की, "पहलवान जी मेरा लड़का ख़राब हो गया है—उसको ठीक कर दीजिए।"

पहलवान ने उससे मुस्कुरा कर उससे कहा, "मेरे दो लड़के हैं—बहुत शरीफ़। लोग मुझे गुंडा और बदमाश कहते हैं लेकिन मैंने उन्हें इस तरह पाला पोसा है कि वह कोई बुरी हरकत कर ही नहीं सकते। महाशय जी यह आपका कुसूर है आप के लड़के का नहीं।"

बनिये ने हाथ जोड़ कर कहा, "पहलवान जी—मैंने भी उसको अच्छी तरह पाला पोसा है, पर उसने अब चोरी-चोरी बहुत बुरे काम शुरू कर दिये हैं।"

बिजली ने अपना फैसला सुना दिया, "उसकी शादी कर दो।"

इस वाक़ये को दस रोज़ गुज़रे थे कि बिजली पहलवान एक नौजवान लड़की की मुहब्बत में गिरफ़्तार हो गया, हालाँकि उससे इस क़िस्म की तवक्के नहीं हो सकती थी।

लड़की की उम्र सोलह-सतरह बरस के लगभग होगी और बिजली पचास से ऊपर होगा। आदमी बाअसर और मालदार था। लड़की के वालदैन राज़ी हो गये। चुनांचे शादी हो गयी।

उसने शहर के बाहर एक आलीशान कोठी बनाई थी। दुल्हन को वह जब उसमें ले कर गया तो उसे ऐसा महसूस हुआ कि तमाम झाड़ फानूस मन्द पड़ गये हैं।

लड़की बहुत ख़ूबसूरत थी। पहली रात बिजली पहलवान ने कसरत करना चाही मगर कर न सका, इसलिए उसके दिमाग़ में अपनी पहली बीवी का ख़याल करवटें ले रहा था। उसके दो जवान लड़के थे जो उसी कोठी के किसी कमरे में सो रहे थे या जाग रहे थे।

उसने अपनी पहली बीवी को कहीं बाहर भेज दिया था। उसको इसका क़तई इल्म नहीं था कि उसके पति ने दूसरी शादी कर ली है—बिजली पहलवान सोचता था कि उसे और कुछ नहीं तो अपनी पहली स्त्री को मुत्तिला कर देना चाहिए था।

सारी रात नयी नवेली दुल्हन जिसकी उम्र सोलह सतरह बरस के क़रीब थी चौड़े चकले पलँग पर बैठी बिजली पहलवान की ऊट पटाँग बाते सुनती रही। उसकी समझ में नहीं आता था कि यह शादी क्या है। क्या उसे हर रोज़ इसी क़िस्म की बातें सुननी होंगी।

"कल मैं तुम्हारे लिए दस हज़ार के ज़ेवर और लाऊँगा।"

"तुम बड़ी सुन्दर हो।"

"बर्फ़ी खाओगी या पेड़े।"

"यह सारा शहर समझो कि तुम्हारा है।"

"किनते नौकर चाहिए थे तुम्हें—मुझे बता दो एक मिनट में इन्तिजाम हो जायेगा।"

"मेरे दो जवान लड़के हैं, बहुत शरीफ़ तुम उनसे जो काम लेना चाहो ले सकती हो। वह तुम्हारा हुक्म मानेंगे।"

दुल्हन हर रोज़ इसी क़िस्म की बातें सुनती रही। हालाँकि छह महीने गुज़र गये। बिजली पहलवान दिन बदिन उसकी मुहब्बत में ग़र्क़ होता गया। वह उसके तीखे-तीखे नक़्श देखता तो वह अपनी सारी पहलवानी भूल जाता।

उसकी पहली बीवी बदशक्ल थी। इन मानों में कि उसमें कोई कशिश नहीं थी। वह एक आम खतरानी थी जो एक बच्चा जनने के बाद ही बूढ़ी हो जाती है। लेकिन उसकी यह दूसरी बीवी बड़ी ठोस थी। दस बच्चे पैदा करने के बाद भी वह साबित व सालिम रह सकती थी।

बिजली पहलवान का एक वैद्य दोस्त था। उसके पास वह कई दिनों से जा रहा था। उसने बिजली को यक़ीन दिलाया था कि अब किसी क़िस्म के तखद्दुद की ज़रूरत नहीं सब ठीक हो जायेगा।

पहलवान ख़ुश था। वैद्य के यहाँ से आते हुए उसने कई तरह की स्कीमें तैयार कीं। रास्ते में मिठाई ख़रीदी। सोने के दो बड़े-बड़े खुशनुमा कड़े लिए। बारह कमीजों और बारह शिलवारों के लिये बेहतरीन कपड़ा कीमत अदा किये बग़ैर हासिल किया, इसलिए कि वह लो जो दुकान के मालिक थे उससे मरऊब थे और क़ीमत लेने से इंकारी थे।

शाम को सात बजे वह घर पहुँचा। आहिस्ता-आहिस्ता क़दम उठाते अपने कमरे में गया। देखा, तो वहाँ उसकी दूसरी बीवी नहीं थी उसने सोचा शायद गुस्लख़ाने में होगी। चुनांचे उसने अपना बोझ मेरा मतलब है वह थान बग़ैरह पलँग पर रख कर गुस्लख़ाने का रुख़ किया। मगर वह ख़ाली थी।

बिजली पहलवान बड़ा मुतहय्यर हुआ कि उसकी बीवी कहाँ गयी। तरह-तरह के ख़यालात उसके दिमाग़ में आये मगर वह कोई नतीजा बरामद न कर सका। उसने वैद्य की दी हुई गोलियाँ खाईं और पलँग पर बैठ गया कि उसकी बीवी आ जायेगी आख़िर उसे जाना कहाँ है।

वह गोलियाँ खा कर पलँग पर बैठा कमीजों के कपड़ों को उँगलियों में मसल कर देख रहा था कि उसे अपनी बीवी की हँसी की आवाज़ सुनाई दी, वह चौंका। उठकर उस कमरे में गया जो उसने अपने बड़े लड़के को दे रखा था। अन्दर से उसकी बीवी और उसके बेटे की आवाज़ निकल रही थी।

उसने दस्तक दी—लेकिन दरवाज़ा न खुला फिर बड़े ज़ोर से चिल्लाना शुरू किया कि दरवाज़ा खोलो। उस वक़्त उसका ख़ून खौल रहा था।

दरवाज़ा फिर भी न खुला। उसे ऐसा महसूस हुआ कि उस कमरे के अन्दर

उसकी बीवी और उसके बड़े लड़के ने साँस लेना भी बन्द कर दिया है।

बिजली पहलवान ने बड़े कमरे मे जा कर गुरुमुखी ज़बान में एक रुक्का लिखा जिसकी इबारत उर्दू में कुछ यूँ हो सकती है–

"यह कोठी अब तुम्हारी है–मेरी बीवी
भी अब तुम्हारी बीवी है। खुश रहो–
तुम्हारे लिए कुछ तोहफ़े लाया था, वह
यहाँ छोड़े जा रहा हूँ।"

यह रुक्का लिख कर उसने साटन के थान के साथ टाँक दिया।

एक ज़ाहदा एक फ़ाहशा

जावेद मसऊद से मेरा इतना गहरा दोस्ताना था कि मैं एक क़दम भी उसकी मरज़ी के ख़िलाफ़ नहीं उठा सकता था। वह मुझ पर निसार था, मैं उस पर। हम हर रोज़ क़रीब-क़रीब दस बारह घण्टे साथ-साथ रहते।

वह अपने रिश्तेदारों से ख़ुश नहीं था इसलिए जब भी वह बात करता तो कभी अपने बड़े भाई की बुराई करता और कहता संग बाश, ब्रादरे ख़ूर्द मुबाश और कभी-कभी घण्टों ख़ामोश रहता जैसे ख़िला में देख रहा है। मैं उससे इन लमहात से तंग आकर जब ज़ोर से पुकारता, "जावेद यह क्या बेहूदगी है।"

वह एकदम चौंकता और माज़रत तलब करता, "ओह—सआदत भाई, माफ करना—अच्छा तो फिर क्या हुआ।"

वह उस वक़्त बिलकुल ख़ाली उज्ज़हन होता—मैं कहता "भाई जावेद, देखो—मुझे तुम्हारा यह वक़्तन फवक़्तन मालूम नहीं किन गहराइयों में खो जाना बिलकुल पसन्द नहीं—मुझे तो डर लगता है एक दिन तुम पागल हो जाओगे।"

यह सुन कर जावेद बहुत हँसा, "पागल होना बहुत मुश्किल है सआदत—"

लेकिन आहिस्ता-आहिस्ता उसका ख़िला में देखना बढ़ता गया। और उसकी ख़ामोशी तवील सुकून में तबदील हो गयी। और वह प्यारी-सी मुसकुराहट जो उसके होंटों पर हर वक़्त खेलती रहती थी बिलकुल फीकी पड़ गयी।

मैंने एक दिन उससे पूछा, "आख़िर क्या बात है—तुम मीर पानी बन गये हो—हुआ क्या है तुम्हें?—मैं तुम्हारा दोस्त हूँ—ख़ुदा के लिए मुझसे तो अपना राज़ न छुपाओ।"

जावेद ख़ामोश हो गया जब मैंने उसको बहुत लान तान की तो उसने अपनी जबान खोली, "मैं कॉलेज से फ़ारिग हो कर डेढ़ बजे के क़रीब आऊँगा उस वक़्त तुम्हें जो पूछना होगा बता दूँगा।"

वादे के मुताबिक वह ठीक डेढ़ बजे मेरे यहाँ आया। वह मुझसे चार साल छोटा था, बेहद ख़ूबसूरत। उसमें निसवानियत की झलक थी। पढ़ाई से मुझे कोई दिलचस्पी नहीं थी इसलिए मैं आवारह गर्द था लेकिन वह बाक़ायदगी के साथ तालीम हासिल कर रहा था।

मैं उसको अपने कमरे में ले गया जब मैंने उसको सिगरेट पेश किया तो उसने मुझसे कहा, "तुम मेरे रोग के मुताल्लिक पूछना चाहते थे?"

मैंने कहा, "मुझे मालूम नहीं—रोग है या सोग बहरहाल तुम नारमल हालत में नहीं हो—तुम्हें कोई न कोई ज़हनी तकलीफ़ ज़रूर है।"

वह मुसकुराया है—"इसलिये कि मुझे एक लड़की से मुहब्बत हो गयी है।"

मुहब्बत!—मैं बौखला गया—जावेद की उम्र बमुश्किल अट्ठारह बरस की होगी। ख़ुद एक ख़ूबरू लड़की की मानिन्द उसको किस लड़की से मुहब्बत हो सकती है या हो गयी है। वह तो कुँवारी लड़कियों से कहीं ज़्यादा शर्मिला और लचीला था। वह मुझसे बातें करता तो मुझे यूँ महसूस होता कि वह एक दहकानी दोशीज़ा है जिसने पहली दफ़ा कोई इश्क्या फ़िल्म देखी है आज वही मुझसे कह रहा था कि मुझे एक लड़की से मुहब्बत हो गयी है।

मैंने तो पहले समझा शायद मज़ाक़ कर रहा है, मगर उसका चेहरा बहुत संजीदा था। ऐसा लगता था कि फ़िक्र की अथाह गहराइयों में डूबा हुआ है। आख़िर मैंने उससे पूछा, "किस लड़की से मुहब्बत हुई है तुम्हें?"

उसने कोई झेंप महसूस न की, "एक लड़की है ज़ाहदा—हमारे पड़ोस में रहती है। बस इससे मुझे मुहब्बत हो गयी है। उम्र सोलह बरस के क़रीब है। बहुत ख़ूबसूरत है और भोली-भाली—चोरी छुपे उससे कई मुलाक़ातें हो चुकी हैं। उसने मेरी मुहब्बत कुबूल कर ली है।"

मैंने उससे पूछा, "तो फिर इस उदासी का मतलब क्या है जो तुम पर हर वक़्त छाई रहती है।"

उसने मुस्कुरा कर कहा, "सआदत तुमने कभी मुहब्बत की हो तो जानो—मुहब्बत उदासी का दूसरा नाम है—हर वक़्त आदमी खोया-खोया-सा रहता है इसलिए कि इसके दिल व दिमाग़ मे सिर्फ़ ख़याले यार होता है—मैंने ज़ाहदा से तुम्हारा जिक्र किया और उससे कहा कि तुम्हारे बाद अगर कोई हस्ती मुझे अज़ीज है तो वह मेरा दोस्त सआदत है।"

"यह कहने की क्या ज़रूरत थी?"

"बस मैंने कह दिया—और ज़ाहदा ने बड़ा इश्तियाक़ जाहिर की कि मैं तुम्हें उससे मिलाऊँ। उसे मेरी हर वह चीज़ पसन्द है जिसे मैं पसन्द करता हूँ—बोलो चलोगे अपनी भाभी को देखने।"

मेरी समझ में न आया कि उससे क्या कहूँ उसके पतले-पतले नाज़ुक होंटो पर लफ़्ज़ भाभी सजता नहीं था।

"मेरी बात का जवाब दो।"

मैंने सरसरी तौर पर कह दिया, "चलेंगे—ज़रूर चलेंगे—पर कहाँ?"

उसने मुझ से कहा था कि वह कल शाम को पाँच बजे किसी बहाने से लॉरेंस

गार्ड्न आयेगी—आप अपने प्यारे दोस्त को ज़रूर साथ लाइएगा—अब तुम कल तैयार रहना—बल्कि ख़ुद ही पाँच बजे से पहले पहले वहाँ पहुँच जाना हम जेमख़ाना क्लब के इस तरफ़ लान में तुम्हारा इन्तेजार करते होंगे।

मैं इंकार कैसे करता, इसलिए कि मुझे जावेद से बेहद प्यार था। मैंने वादा कर लिया। लेकिन मुझे उसपर कुछ तरस आ रहा था मैंने उससे अचानक पूछा, "लड़की शरीफ़ और पाकबाज़ है ना?"

जावेद का चेहरा गुस्से से तमतमाने लगा, "मैं ज़ाहदा के बारे में ऐसी बातें सोच सकता हूँ न सुन सकता हूँ—तुम्हें अगर उससे मिलना है तो कल शाम को ठीक पाँच बजे लॉरेंस गार्डंज़ पहुँच जाना—ख़ुदा हाफ़िज।"

जब वह एकदम उठकर चला गया तो मैंने सोचना शुरू किया। मुझे बड़ी निदायत महसूस हुई कि मैंने क्यों उससे ऐसा सवाल किया, जिससे उसके ज़ज़बात मजरूह हुए—आख़िर वह उससे मुहब्बत करता था। अगर कोई लड़की किसी से मुहब्बत करे जो ज़रूरी नहीं कि वह बन्द किरदार हो।

जावेद उसे अपना मुख़लिस तरीन दोस्त यक़ीन करता था। यही वजह है कि वह नाराज़ी के बावजूद उससे बरहमन हुआ और उसको जाते हुए कह गया कि वह शाम को लॉरेंस गार्डंज आये।

मैं सोचता था कि ज़ाहदा से मिल कर मैं उससे किस क़िस्म की बातें करूँगा। बेशुमार बातें मेरे ज़हन में आयीं लेकिन वह इस क़ाबिल नहीं थीं कि किसी दोस्त की महबूबा से की जायें। मेरे मताल्लिक ख़ुदा मालूम वह उससे क्या कुछ कह चुका था—यक़ीनन उसने मुझसे अपनी मुहब्बत का इज़हार बड़े वालहाना तौर पर किया होगा। यह भी हो सकता है कि ज़ाहदा के दिल में मेरी तरफ़ से हसद पैदा हो गया हो क्योंकि औरतें अपने आशिकों की मुहब्बत बँटते नहीं देख सकतीं। शायद मेरा मज़ाक़ उड़ाने के लिए उसने जावेद से कहा हो कि तुम मुझे अपने प्यारे दोस्त से ज़रूर मिलाओ।

बहरहाल मुझे अपने अज़ीज़ तरीन दोस्त की महबूबा से मिलना था—इस तक़रीब पर मैंने सोचा कोई तोहफ़ा तो ले जाना चाहिए—रात भर ग़ौर करता रहा। आख़िर एक तोहफ़ा समझ में आया कि सोने के टॉप्स ठीक रहेंगे। अनारकली में गया तो सब दुकानें बन्द। मालूम हुआ कि इतवार की तावील है—लेकिन एक जौहरी की दुकान खुली थी। उससे टॉप्स ख़रीदे और वापस घर आया। चार बजे तक शश व पंज में मुवत्ल रहा कि जाऊँ या न जाऊँ। मुझे कुछ हिजाब-सा महसूस होता था—लड़कियों से बेतकल्लुफ़ बातें करने का आदी नहीं था इसलिए मुझ पर घबराहट तारी थी।

दोपहर का खाना खाने के बाद मैंने कुछ देर सोना चाहा मगर करवटें बदलता रहा। टॉप्स मेरे तकिए के नीचे पड़े थे। ऐसा लगता था कि दो दहकते हुए अंगारे

हैं—उठा—गुस्ल किया—इसके बाद शेव—फिर कपड़े बदल कर बड़े कमरे में क्लाक की टिक-टिक सुनने लगा।

तीन बज चुके थे। अख़बार उठाया—मगर उसकी एक ख़बर भी न पढ़ सका—अजीब मुसीबत थी। इश्क़ मेरा दोस्त जावेद कर रहा था और मैं एक क़िस्म का मजनूँ बन गया था।

मेरा बेहतरीन सूट रेनकन का सिला हुआ मेरे बदन पर था। रूमाल नया सभी नये—मैंने यह श्रृंगार इसलिए किया था कि जावेद ने जो तारीफ़ के पुल ज़ाहदा के सामने बाँधें है कहीं टूट न जायें।

साढ़े चार बजे मैं उठा। अपनी रेले की सब्ज़ साइकिल ली और आहिस्ता-आहिस्ता लॉरेंस गार्डन रवाना हो गया। जेमखाना क्लब के इस तरफ़ लान में मुझे जावेद दिखायी दिया। वह अकेला था। उसने ज़ोर का नारा बुलन्द किया। जब मैं साइकिल पर से उतरा तो वह मेरे साथ चिपट गया। कहने लगा "तुम पहले ही पहुँच गये। बहुत अच्छा किया—ज़ाहदा अब आती ही होगी—मैंने तो उस से कहा था कि मैं अपनी कार भेज दूँगा। मगर वह रज़ामन्द न हुई ताँगे में आयेगी।"

जावेद के बाप की एक कार थी बेबी आस्टिन। ख़ुदा किस सदी का मॉडल था। ज़्यादातर यह जावेद ही के इस्तेमाल में आती थी। लॉरेंस गार्डंज़ में दाख़िल होते वक़्त वह अजूबा रोज़गार मोटर देख ली थी। मैंने उससे कहा "आओ बैठ जायें।"

लेकिन वह रज़ामन्द न हुआ, मुझसे कहने लगा, "तुम ऐसा करो—बाहर गेट पर जाओ—एक ताँगा आयेगा जिसमें एक दुबली-पतली लड़की स्याह बुर्क़ा पहने होगी। तुम ताँगे वाले को ठहरा लेना और उससे कहना। मैं जावेद का दोस्त सआदत हूँ—उस ने मुझे तुम्हारे इस्तक़बाल के लिए भेजा है।"

"नहीं जावेद—मुझमें इतनी जुर्अत नहीं।"

"लाहौल विला—जब तुम नाम बता दोगे तो उसे चूँ करने की भी जुर्अत नहीं होगी—तुम्हारी जुर्अत का सवाल ही कहाँ पैदा होता है—या ज़िन्दगी में कोई-न-कोई ऐसी होनी चाहिए, जिसे बाद में याद करके आदमी महसूस हो सके—जब ज़ाहदा से मेरी शादी हो जायेगी तो हम आज के इस वाक़्ये को याद करके ख़ूब हँसा करेंगे—जाओ मेरे भाई—वह बस आती ही होगी।"

मैं जावेद का कहना कैसे मोड़ सकता था। बादले नाख़्वासता चला गया और गेट से कुछ दूर खड़ा रह कर उस ताँगे का इन्तेज़ार करने लगा जिसमें ज़ाहदा अकेली काले बुर्के में हो।

आधे घण्टे के बाद एक ताँगा अन्दर दाख़िल हुआ जिसमें एक लड़की काले रेशमी बुर्के में मलबूस पिछली नशिस्त पर टाँगे फैलाये बैठी थी।

मैं झेंपता, सिमटता, डरता आगे बढ़ा और ताँगे वाले को रोका। उसने फ़ौरन अपना ताँगा रोक लिया। मैंने उससे कहा, "यह सवारी कहाँ से आ रही है।"

ताँगे वाले ने ज़रा सख़्ती से जवाब दिया "तुम्हें इस से क्या मतलब—जाओ अपना काम करो।"

बुर्क़ापोश लड़की ने महीन-सी आवाज़ में ताँगे वाले को डाँटा, "तुम शरीफ़ आदमियों से बात करना भी नहीं जानते।"

फिर वह मुझसे मुख़ातिब हुई, "आपने ताँगा क्यों रोका था जनाब।"

मैंने हिकला कर जवाब दिया, "जावेद—जावेद—मैं जावेद का दोस्त सआदत हूँ—आपका नाम ज़ाहदा है ना।"

उसने बड़ी नर्मी से जवाब दिया, "जी हाँ"—मैं आपके मुताल्लिक उनसे बहुत सी बातें सुन चुकी हूँ।"

उसने मुझ से कहा था कि मैं आप से इसी तरह मिलूँ और देखूँ कि आप मुझ से किस तरह पेश आती हैं—"वह उधर जेम खाना क्लब के पास घास के तख़्ते पर बैठा आपका इन्तेज़ार कर रहा है।"

उसने अपनी नकाब उठाई। अच्छी ख़ासी शक्ल सूरत थी। मुसकुरा कर मुझसे कहा "आप अगली नशिस्त पर बैठ जाइए मुझे एक ज़रूरी काम है—अभी चन्द मिनटों में लौट आयेंगे। आपके दोस्त को ज़्यादा देर तक घास पर नहीं बैठना पड़ेगा।"

मैं इंकार नहीं कर सकता था। अगली नशिस्त पर कोचवान के साथ बैठ गया ताँगा असेम्बली हाल के पास से गुज़रा तो मैंने ताँगेवाले से कहा, "भाई साहब यहाँ कोई सिगरेट वाले की दुकान हो तो ज़रा देर के लिए ठहर जाना। मेरी सिगरेट ख़त्म हो गये हैं।"

ज़रा आगे बढ़ा तो सड़क पर एक सिगरेट-पान वाला बैठा था। ताँगे वाले ने अपना ताँगा रोका। मैं उतरा तो ज़ाहिदा ने कहा, "आप क्यों तकलीफ़ करते हैं यह ताँगे वाला ले आयेगा।"

मैंने कहा, "इमसें तकलीफ़ की क्या बात है" और उस पान सिगरेट वाले के पास पहुँच गया। एक डिब्बा गोल्ड फ़्लैक की ली। एक माचिस और दो पान। जब पाँच के नोट में बाकी पैसे ले कर मुड़ा तो कोचवान मेरे पीछे खड़ा था उसने दबी जबान में मुझसे कहा, "हजूर इस औरत से बच कर रहिएगा।"

मैं बड़ा हैरान हुआ, "क्यों?"

कोचवान ने बड़े वसूक से कहा, "फ़ाहशा है—इसका काम ही यही है कि शरीफ़ और नवजवान लड़कों को फाँसती रहे—मेरे ताँगे में अकसर बैठती है।"

यह सुन कर मेरे अवसान ख़ता हो गये। मैंने ताँगे वाले से कहा "ख़ुदा के लिए तुम इसे वहीं छोड़ आओ जहाँ से लाये हो—कह देना कि मैं उसके साथ नहीं जाना चाहता इसलिए कि मेरा दोस्त वहाँ लॉरेंस गार्डेंज़ में इन्तेजार कर रहा है।"

ताँगे वाला चला गया—मालूम नहीं उसने ज़ाहदा से क्या कहा। मैंने एक

दूसरा ताँगा लिया और सीधा लॉरेंस गार्डंज़ पहुँचा। देखा कि जावेद एक ख़ूबसूरत लड़की से महवे गुफ़्तगू। बड़ी शर्मिला और लजीली थी। मैं जब पास आया तो उसने फ़ौरन अपने दोपट्टे से मुँह छिपा लिया।

जावेद ने बड़ी खफ़गी आमेज लहजे में मुझसे कहा तुम कहाँ गारत हो गये थे तुम्हारी भाभी कब की आयी बैठी हैं।

समझ में न अया क्या कहूँ सख़्त बौखला गया—इस बौखलाहट में यह कह गया, "तो वह कौन थी जो मुझे ताँगे में मिली?"

जावेद हँसा, "मज़ाक़ न करो मुझसे—बैठ जाओ और अपनी भाभी से बातें करो। यह तुमसे मिलने की बहुत मुश्ताक़ थी।"

मैं बैठ गया और कोई सलीके की बात न कर सका, इसलिए कि मेरे दिल व दिमाग़ पर वह लड़की थी। औरत मुसल्लत ले गयी थी जिसके मुताल्लिक ताँगे वाले ने मुझे बड़े खुलूस से बता दिया था कि फ़ाहशा है।

शैदा

शैदे के मुताल्लिक अमृतसर में यह मशहूर था कि वह चट्टान से भी टक्कर ले सकता है। उसमें बला की फुर्ती और ताक़त थी। गो तन व तोश के लिहाज़ से वह एक कमज़ोर इंसान दिखायी देता था, लेकिन अमृतसर के सारे गुण्डे उससे ख़ौफ़ खाते और उसको एहतराम की नज़रों से देखते।

फ़रीद का चौक, मालूम नहीं फ़सादात के बाद उसकी क्या हालत है, अजीब बग़रीब जगह थी। यह शायर भी थे, डॉक्टर और हकीम भी, मोची और जुलाहे, जुआरी और बदमाश, नेक और परहेज़मार सभी यहाँ बसते थे। हर वक़्त गहमा गहमी रहती थी।

शैदे की सरगर्मियाँ चौक से बाहर होती थीं याने वह अपने इलाके में कोई ऐसी हरकत नहीं करता था जिस पर उसके मुहल्ले वालों को एतराज़ हो—उसने जितनी लड़ाइयाँ लड़ी दूसरे गुण्डों के मुहल्ले में।

वह कहा करता, "अपने मुहल्ले में किसी दूसरे मुहल्ले के गुण्डे से लड़ना नामर्दी की निशानी है—मज़ा तो यह है कि दुश्मन को उसकी अपनी जगह पर मारा जाय।"

और यह सही था। एक बार पटरंगो से उस की ठन गयी। वह कई मरतबा चौक फ़रीद से गुजरे—बड़के मारते, नारे लगाते। शैदे को गालियाँ देते। वह यह सब सुन रहा था, मगर उसने उनसे भिड़ना मुनासिब न समझा और ख़ामोश रहमान तादरूँ की दुकान में बैठा रहा।

लेकिन दो घण्टों के बाद वह पटरंगों के मुहल्ले की तरफ़ रवाना हुआ—अकेला—बिलकुल अकेला और फिर ग़ैर मुसल्लह।

वहाँ जा कर उसने एक फ़लक शिगाफ़ नारा बुलन्द किया और पटरंगों को जो अपने काम में मसरूफ़ थे ललकारा, "निकलो बाहर—तुम्हारी..."

दस-पन्द्रह पटरंग लाठियाँ ले कर बाहर निकल आये और जंग शुरू हो गयी। मेरा ख़याल है शैदा गतके और बनवट का माहिर था। उस पर लाठियाँ बरसाई गयीं लेकिन उसने एक भी ज़रब अपने पर न लगने दी। ऐसे पैंतरे बदलता रहा कि पटरंगों की सिट्टी गुम हो गयी।

आख़िर उसने एक पटरंग से बड़ी चाबुक दस्ती से लाठी छीनी और हमलावरों को मार-मार के अधमुआ कर दिया।

दूसरे रोज़ उसे गिरफ़्तार कर लिया गया—दो बरस क़ैद बामुशक्क़त की सज़ा हुई। वह जेल चला गया, जैसे वह उसका अपना घर है।

इस दौरान में उसकी बूढ़ी माँ वफ़तन फवक़तन मुलाक़ात के लिए आती रही।

वह मशक्कत करता था लेकिन उसे कोई कोफ़्त नहीं होती थी। वह सोचता चलो वरज़िश हो रही है सेहत ठीक रहेगी।

उसकी सेहत बावजूद इसके कि खाना बड़ा वाहियात होता था पहले से बेहतर थी। उसका वज़न बढ़ गया था, लेकिन वह बाज़ आवकात मगयूम हो जाता और अपनी कोठरी में सारी रात जगता रहता। उसके होंटों पर पंजाबी की यह बोली होती—

की कचिए तेरी यारी
महनां महनां हो के टुट गयी

एक बरस गुज़र गया। मशक्कत करते करते अब उसकी अफ़सुर्दगी का दौर शुरू हुआ। उसने मुख़तलिफ बोलियाँ गाना शुरू कर दीं। मुझे एक कैदी ने बताया जो उसके साथ वाली कोठरी में था कि वह यह बोलियाँ गाया करता था—

लम जान गे यार गवाचे
ठीके ले ले पतना दे

इसका मतलब यह है कि तुझे अपना गुमशुदा महबूब मिल जायगा अगर तू दरिया के साहिल पर कश्तियाँ चलाने का ठेका ले ले।

गुडी कट जानदी जिन्हा दी प्रेम वाली
मन्डे ले जानदे ओल्हां दी डोर लुट के

यानी जन की मुहब्बत का पतंग कट जाता है तो लड़के वाले बड़ा शोर मचाते हैं और उनकी डोर लूट कर ले जाते हैं।

मैं अब और बोलियों का जिक्र नहीं करूँगा क्योंकि उन सबका जो शैदे के होंटों पर होती थी एक ही मफ़हूम है।

उस क़ैदी ने मुझसे कहा, "हम समझ गये थे कि शैदा किसी के इश्क़ में गिरफ़्तार है—क्यों हमने कई मरतबा उसे आहें भरते भी देखा। मशक्कत के दौरान में वह बिलकुल ख़ामोश रहता। ऐसा मालूम होता जैसे वह किसी और दुनिया की सैर कर रहा है—थोड़े-थोड़े वक़्फों के बाद एक लम्बी आह भरता और फिर अपने ख़यालात में खो जाता।"

डेढ़ बरस के बाद जब शैदा ख़ुदकशी का इरादा कर चुका था और कोई ऐसी तरकीब सोच रहा था कि अपनी ज़िन्दगी ख़त्म कर दे कि उसे इत्तिला मिली कि

एक जवान लड़की तुमसे मिलने आयी है। उसको बड़ी हैरत हुई कि यह जवान लड़की कौन हो सकती है। उसकी तो सिर्फ़ माँ ही माँ थी जो उससे अपनी ममता के बायस मिलने आ जाया करती थी।

मुलाक़ात का इन्तिज़ाम हुआ। शैदा सलाखों के पीछे खड़ा था। उसके साथ मुसल्लह सिपाही। लड़की को बुलाया गया। शैदे ने सलाखों में से देखा कि एक बुर्क़ापोश औरत आहनी पिंजरे की तरफ़ बढ़ रही है। उसको अभी तक यह हैरत थी कि यह औरत और लड़की कौन हो सकती है।

सफ़ेद बुर्क़ा था। जब वह पास आयी तो उसने नकाब उठाई–शैदा चीख़ा "तुम–तुम कैसे..."

जुलैख़ा जो कि पटरंगों की लड़की थी जार व कतार रोने लगी। उसने हल्क में अलफ़ाज़ अटक-अटक गये, "मैं तुमसे मिलने आयी हूँ–लेकिन–लेकिन मुझे–मुझे माफ़ कर देना इतनी देर के बाद आयी हूँ–तुम–ख़ुदा मालूम–अपने दिल मैं मेरे मुताल्लिक क्या सोचते होगे।"

शैदे ने सलाखों के साथ सर लगा कर कहा, "नहीं मेरी जान–मैं तुम्हारे मुताल्लिक सोचता ज़रूर रहा–लेकिन मैं जानता था कि तुम मजबूर हो।"

जुलैख़ा ने रोते हुए कहा, "मैं वाक़ई मज़बूर थी–लेकिन आज मुझे मौक़ा मिला तो मैं आ गयी। सच कहती हूँ मेरा दिल किसी चीज़ में नहीं लगता था।"

"यह मौक़ा तुम्हें कैसे मिल गया।"

जुलैखा की आँखों से आँसू रवाँ थे, "मेरे अब्बा का इन्तकाल हो गया है कल उनका चालीसवाँ था।"

शैदा मरहूम से अपनी सारी मुख़ासमत भूल गया, "ख़ुदा उन्हें जन्नत बख़्शे–मुझे यह ख़बर सुन कर बड़ा अफ़सोस हुआ। यह कहते हुए उसकी आँखों में आँसू आ गये। सब्र करो जुलैख़ा–इसके सिवा और कोई बारह नहीं।"

जुलैख़ा ने अपने सफ़ेद बुर्के से आँसू पूछे "मैंने बहुत सब्र किया शैदे अब और कितनी देर करना पड़ेगा–तुम यहाँ से कब निकलोगे?"

बस छह महीने रह गये हैं लेकिन मेरा ख़याल है कि मुझे बहुत पहले ही छोड़ देंगे यहाँ के सब अफ़सर मुझ पर मेहरबान हैं–"

जुलैख़ा की आवाज़ में मुहब्बत का बेपनाह जज़्बा पैदा हो गया, "जल्दी आओ प्यारे–मुझे अब तुम्हारी होने से रोकने वाला कोई नहीं। ख़ुदा की क़सम अगर किसी ने तुम्हारी तरफ़ आँख उठाकर भी देखा तो मैं ख़ुद उससे निपट लूँगी–मैं नहीं चाहती कि तुम फिर इसी मुसीबत में गिरफ़्तार हो जाओ।"

सन्तरी ने कहा कि वक़्त ख़त्म हो गया है चुनांचे उनकी मुलाक़ात भी ख़त्म हो गयी। जुलैख़ा रोती-रोती चली गयी। और शैदा दिल में मसर्रत और आँखों में आँसू लिये जेल के अन्दर चला गया जहाँ उसको मशक्कत करना था। उस दिन

उसने इतना काम किया कि जेलर दंग रह गये।

दो महीने के बाद उसे रिहा कर दिया गया—इस दौरान में—जुलैख़ा दो मरतबा उससे मुलाक़ात करने आयी थी। उसने आख़िरी मुलाक़ात में उसको बता दिया था कि वह किस तारीख़ को जेल से बाहर निकलेगा, चुनांचे वह गेट के पास बुर्क़ा पहने खड़ी थी दोनों फ़र्ते मसर्रत में आँसू बहाने लगे।

शैदे ने ताँगा लिया। दोनों इसमें सवार हुए और शहर की जानिब चले। लेकिन शैदे की समझ में नहीं आता था कि वह जुलैख़ा को कहाँ ले जायगा "जुलैख़ा तुम्हें कहाँ जाना है।" जुलैख़ा ने जवाब दिया "मुझे मालूम नहीं—तुम जहाँ ले जाओगे, वहीं चली जाऊँगी।"

शैदे ने कुछ देर सोचा और जुलैखा से कहा, "नहीं—यह ठीक नहीं। तुम अपने घर जाओ—दुनिया मुझे गुण्डा कहती है लेकिन मैं तुम्हें जायज़ तरीक़े पर हासिल करना चाहता हूँ—तुम से बाकायदा शादी करूँगा।"

जुलैखा ने पूछा, "कब?"

बस एक दो महीने लग जायेंगे—मैं अपने जुए की बैठक फिर से क़ायम कर लूँ। इस अर्से में इतना रुपया इकट्ठा हो जायेगा कि मैं तुम्हारे लिये ज़ेवर कपड़े ख़रीद सकूँ।"

जुलैखा बहुत मुतास्सिर हुई, "तुम कितने अच्छे हो शैदे—जितनी देर तुम कहोगे, मैं उस घड़ी के लिए इन्तज़ार करूँगी जब मैं तुम्हारी हो जाऊँगी।"

शैदा ज़रा जज़बाती हो गया, "जानी तुम अब भी मेरी हो—मैं भी तुम्हारा हूँ—लेकिन मैं चाहता हूँ जो काम हो तौर तरीके से हो—मैं उन लोगों में नहीं जो दूसरों की जवान लड़कियों को बरगलाते हैं—मुझे तुम से मुहब्बत है जिसका सबसे बड़ा सबूत यह है कि तुम्हारी ख़ातिर मैंने मार खायी और क़रीब-क़रीब दो बरस ज़ेल में काटे—ख़ुदा बन्दपाक की क़सम खाके कहता हूँ हर वक़्त मेरे होंटों पर तुम्हारा नाम रहता है।"

जुलैख़ा ने कहा, "मैंने कभी नमाज़ नहीं पढ़ी थी, लेकिन तुम्हारे लिए मैंने एक हमसाई से सीखी और बिला नागा पाँचों वक़्त पढ़ती रहती रही—हर नमाज़ के बाद दुआ माँगती थी कि ख़ुदा तुम्हें हर आफ़त से महफ़ूज़ रखे।"

शैदे ने शहर पहुँचते ही दूसरा ताँगा ले लिया। और जुलैख़ा से जुदा हो गया ताकि वह अपने घर जाय और वह अपने।

शैदे ने डेढ़ माह के अन्दर-अन्दर एक हज़ार रुपये पैदा कर लिए। इनसे उसने जुलैखा के लिए सोने की चूड़ियाँ और अँगूठिया बनवाईं। गले के एक नेकलेस भी ले लिया—अब वह पूरी तरह लैस था।

एक दिन वह अपने घर में ऊपर पीढ़ी पर बैठा खाना खाने लगा था कि नीचे से किसी औरत के बैन करने जैसी आवाज़ आयी। उसने गर्दन उठा कर ऊपर

देखा और पूछा?।

"क्या तुम ही शैदे हो"

"हाँ, हाँ।"

"ख़ुदा करे न रहो इस दुनिया के तख़्ते पर–तुम्हारी जवानी टूटे–तुम पर बिजली गिरे।"

शैदे ने किसी क़द्र गुस्से में उस बुढ़िया से पूछा, "बात क्या है?"

बुढ़िया का लहजा और ज़्यादा तल्ख़ हो गया, "मेरी बच्ची तुम पर जान छिड़के और तुम्हें कुछ पता ही नहीं।"

शैदे ने हैरत से उस बुढ़िया से सवाल किया, "कौन है तुम्हारी बच्ची?"

"जुलैख़ा और कौन।"

"क्यों क्या हुआ उसको?"

बुढ़िया रोने लगी, "वह तुमसे मिलती थी, तुम गुण्डे हो, इसलिए एक थानेदार ने ज़बरदस्ती उसके साथ अपना मुँह काला किया।"

शैदे के होश व हवास एक लहजे के लिए गायब हो गये, मगर सँभल कर उसने बुढ़िया से पूछा, "क्या नाम है उस थानेदार का?"

बुढ़िया काँप रही थी, "करम दाद–तुम यहाँ ऊपर मज़े में बैठे हो। बहुत बड़े गुण्डे बने फिरते हो–अगर तुम में थोड़ी-सी भी गैरत है तो जाओ उस थानेदार का सर गण्डा से काट कर रख दो।"

शैदा ने कुछ न कहा। खिड़के से हट कर उसने बड़े इतमेनान से खाना खाया। पेट भर के। दो गिलास पानी पिये और एक कोने में रखी हुई कुल्हाड़ी ले कर बाहर चला गया।

एक घण्टे के बाद उसने जुलैख़ा के घर दरवाज़े पर दस्तक दी। वही बुढ़िया बाहर निकली–शैदे के हाथ में ख़ून आलूद कुल्हाड़ी थी। उसने बड़े पुरसकून लहजे में उससे कहा, "माँ–जो काम तुमने मुझसे कहा था कर आया हूँ–जुलैख़ा से मेरा सलाम कहना–अब मैं चलता हूँ।"

यह कह कर वह सीधा कोतवाली गया और ख़ुद को पुलिस के हवाले कर दिया।

बुड्ढा खूसट

यह जंग अज़ीम के खा के बाद की बात है जब मेरा अज़ीज़ तरीन दोस्त लेफ़्टीनेंट कर्नल मुहम्मद सलीम शेख़ (अब) ईरान इराक और दूसरे महाज़ों से होता हुआ बम्बई पहुँचा। उसको अच्छी तरह मालूम था मेरा फ़्लैट कहाँ है। हममें गाहे बगाहे ख़त व किताबत भी होती रहती थी लेकिन इससे कुछ मज़ा नहीं आता था, इसलिए कि हर ख़त सेंसर होता है। इधर से जायें या उधर से आयेँ अजीब मुसीबत थी।

मगर अब इन मुसीबतों का ज़िक्र क्या करना। उसे बम्बई के बी.बी. एंड सी आयी.ए. के ट्रेसेंस पर उसकी पोस्टिंग हुई। उस वक़्त वह सिर्फ़ लेफ़्टीनेट था। हम दोनों वसी अरीज़ रेलवे स्टेशन के बूफ़े में बैठ गये और दोपहर के बारह एक बजे तक ठण्डी-ठण्डी वियर पीते रहे। उसने इस दौरान में मुझे कई कहानियाँ सुनाईं जिनमें से एक ख़ास तौर पर काबले ज़िक्र है।

उसने ईरान इराक और ख़ुदा मालूम किन-किन मुल्कों के अपने मआशके सुनाए। मैं सुनता रहा पेशावर आशिक तो कॉलेज के जमाने से था उसकी दास्तानें अगर में सुनाऊँ तो एक जख़ीम किताब बन जाये। बहरहाल आपको इतना बताना ज़रूरी है कि उसे लड़कियों को अपनी तरफ़ मुतवज्जह करने का गुर मालूम था। गोर्डन कॉलेज रावलपिण्डी में वह राजा इन्द्र था। उसके दरबार में वहाँ की तमाम परियाँ मुजरा अर्ज़ करती थीं—ख़ूबसूरत था, काफ़ी ख़ूबसूरत, मगर उसका हुस्न मर्दाना हुस्न था। पतली नोकीली नाक जो यक़ीनन अपना काम कर जाती होगी। छोटी-छोटी गहरे मूसले रंग की आँखें जो उसके चेहरे पर सज गयी थीं। बड़ी होती तो शायद उसके चेहरे की सारी कशिश मारी जाती।

वह खिलन्दरा था। जिस तरह लार्ड बाइरन सिर्फ़ कुछ अर्से के लिए किसी से दिलचस्पी लेता था और फिर उसे छोड़ कर आगे बढ़ जाता, जैसे वह उसकी ज़िन्दगी में कभी आयी ही नहीं, इसी तरह का सुलूक वह अपने जाल में फँसी हुई लड़कियों से करता। मुझे उसका यह रवैया पसन्द नहीं था कि यह मेरी नज़र में बहुत जालिमाना है। मगर वह बेपरवा था। कहा करता, "उल्लू के पट्ठे—ग़ालिब पढ़ो वह क्या कहता है उसे मतन कभी याद नहीं रहता था मगर उसका मफ़हूम

अपने अलफ़ाज़ में अदा कर दिया करता—वह कहता वही शाख़ें तूबा और जन्नत में वही एक हूर-वल्लाह ज़िन्दगी अजीरन हो जायगी—शहद की मक्खी बनो, कली-कली का रस चूसो—मक्खी किसी मिसरी की न बनो जो वहीं चिपक कर रह जाये" फिर उसने इकबाल के एक शेर का हवाला अपना वियर का गिलास ख़ाली करते हुए दिया, "क्या कहा है इकबाल ने—

तू ही नादाँ चन्द कलियों पर कनाअत कर गया
वरना गुलशन में इलाजे तंगिए दामाँ भी था।

साबित हुआ कि तुम न सिर्फ़ नादान हो, बल्कि दरजा अव्वल वनस्पति घी की तरह दरजा अव्वल चुगद भी हो—अब हटाओ इस बकवास को।"

मैंने यह बकवास इस तरह हटाई जिस तरह बैरे ने मेरी वियर की ख़ाली बोतल।

बेशतर इसके कि मैं अस्ल कहानी की तरफ़ आऊँ, मैं आपको शेख़ सलीम के मुताल्लिक एक बहुत दिलचस्प वाक़या सुनाता हूँ। हम गोर्डन कॉलेज में बी.ए. फाइनल में पढ़ते थे कि क्रिसमस की छुट्टियों में एक रुकमनी की शादी की उड़ती-उड़ती अफ़वाह हमें मिली। यह रुकमनी हमारी ही किसी क्लास में पढ़ती थी और कुछ अर्से पहले शेख़ सलीम पर फरेफ़तह। शक्ल सूरत उसकी वाजबी थी, मगर मेरा दोस्त शहद की मक्खी था। चुनांचे दो महीने उनका मआशका चलता रहा। इसके बाद वह उससे बिलकुल अजनबी हो गया।

जब उसको बताया गया कि रुकमनी जो तुम्हारी महबूबा थी और जिसकी खातिर तुमने इतने झगड़े अपनी क्लास के तालिब इल्मों से किये। वह अगर दूसरी जगह ब्याही जाय तो डूब मरो—लेकिन तुम तैरना जानते हो। डुबोने का काम हम अपने ज़िम्मे लेते हैं।"

शेख़ सलीम को इस क़िस्म की बातें उमूमन खा जाती थीं। उसने अपनी महीन मुँछों को ताव देने की कोशिश की और कहा, "अच्छा तुम देख लेना—क्या होगा।"

उसकी पार्टी के एक कवि हैकल लड़के ने पूछा, "क्या होगा।"

शेख़ सलीब ने उसको झाग की तरह बिठा दिया, "होगा तुम्हारी माँ का सर—जब शादी का दिन आयेगा देख लेना—चलो आओ मेरे साथ, मुझे तुमसे चन्द बातें करनी है।"

शादी का दिन आ गया। बारात जब दुल्हन वालों के घर के पास पहुँची तो कोई शख़्स सर पर सेहरे बाँधे अच्छे घोड़े पर सवार अन्दर दाखिल हुआ। दूल्हा मोटर में था जिस पर फूलों का जाल बना हुआ था।

घुड़सवार सेहरे लदा फंदा शामियाने के पास था। घोड़ा ख़ुद दूल्हा बना हुआ था। दुल्हन का बाप और उसके शिकार आगे बढ़े। घोड़े का मालिक भागा-भागा

आया था। इस सेहरे से लदे हुए आदमी को उस जगह बिठा दिया जहाँ दुल्हन को भी बैठना था। बीच में हवनकुण्ड था जिस में छोटी-छोटी लकड़ियों के टुकड़े जल रहे थे। उन्होंने नंगे बदन उठ कर दुल्हन को आशीर्वाद दिया और दुल्हन से कहा "सरदार जी दुल्हन को जल्द बुलाइए मुहूरत हो गया है।"

फ़ौरन रुकमनी पहुँच गयी और कुछ अर्से के लिए दूल्हा के साथ बिठा दी गयी। पंडित जी ने कुछ पढ़ा, जिसका मतलब मेरी समझ में न आया–लेकिन एकदम शादी के उस जलसे में एक हड़बोंग सी मच गयी। जब कार से एक दूल्हा निकल कर सामने आ गया और बुलन्द आवाज़ तमाम हाज़रीन को मुख़ातिब किया, "मेरे साथ धोखा हुआ है–मैं दावा दायर कर दूँगा।"

वह दूल्हा जो हाथ पकड़ कर दूल्हन को उठा रहा था बड़ी ख़ौफ़नाक आवाज़ में चिल्लाया, "अबे जा बे दावे दायर करने के कुछ लगते।"

यह कहकर उसने अपने फूलों का घूँघट उठा दिया और उन हज़ार के क़रीब आदमियों से जो शामियाने के नीचे थे कुछ कहना चाहा–मगर कहकहा का एक समन्दर मौजें मारने लगा–दूसरी पार्टी के आदमी भी इन कहकहों में शरीक हुए, क्योंकि जब यह फूलों का पर्दा इलाहदा हुआ तो उन्होंने देखा कि शेख़ सलीम है।

रुकमनी बड़ी खफ़ीफ़ हुई, मगर शेख़ सलीम में बड़ी जुर्अत से काम ले कर उससे बुलन्द आवाज़ में पूछा, "तुम इस चुगद के साथ शादी करने को तैयार हो।"

रुकमनी ख़ामोश रही।

"अच्छा जाओ जहन्नम में–लेकिन एक दिन नहीं पूरे तीन महीने तुम हमें पूजती रही हो।" यह कह कर वह सही दूल्हा को बढ़ा, जिसके मुँह से गुस्से से झाग निकल रहे थे। आगे बढ़ कर उसने अपने सारे हार उसके गले में डाल दिये। सब बाराती बुत बने बैठे थे।

हँसता, कहकहे लगाता वह अपने घोड़े पर बड़ी सफ़ाई से सवार हुआ और ऐंड़ लगा कर कोठी से बाहर निकल गया। घोड़े से उतर कर (हम दूर निकल गये थे इसलिए कि मैं उसके पीछे घोड़े की सी तेज़ रफ़्तारी से भागा था) उसने मेरा कान्धा बड़े ज़ोर से हिलाया, "क्यों बेटे मैंने तुमसे क्या कहा था–अब देख लिया?"

हुआ तो सब कुछ ठीक था, मगर मुझे डर था, कहीं शेख़ सलीम गिरफ़्तार न हो जाय। मैंने उससे कहा, "जो तुम ने किया वह कोई और नहीं कर सकता, लेकिन भाई कहीं हँसी में फँसी न हो जाय। फ़र्ज़ करो अगर रुकमनी के बाप ने तुम्हें गिरफ़्तार करा दिया?"

वह अकड़ कर बोला, "उसके बाप का बाप भी नहीं कर सकता–कौन अपनी बेटी को अदालत चढ़ाएगा–मैं तो इसी वक़्त गिरफ़्तार होने को तैयार हूँ–ले जाय मुझे थाने–उस साली के सारे पोल खोल दूँगा–मेरे पास उसके दर्जनों खुतून पड़े हैं।"

सारे शहर में यही अफ़वाह फ़ैली हुई थी कि रुकमनी का बाप शेख़ सलीम को ज़रूर उसकी गुस्ताखी की सज़ा दिलवाएगा और वह सारी उम्र याद रखेगा मगर कुछ न हुआ।

जब कई दिन गुज़र गये तो वह मेरे पास गाता हुआ आया—

"थी ख़बर गर्म की ग़ालिब के उड़ेंगे पुर्ज़े
देखने हम भी गये पर वह तमाशा न हुआ"

अब मैं असल कहानी की तरफ़ पटलता हूँ, जो इस वाकये से भी कहीं ज़्यादा दिलचस्प और मानीख़ेज़ है—ख़ुद उसने मुझे सुनाई जिसकी सदाकत पर मुझे सौ फ़ीसद यक़ीन है—इसलिए कि शेख़ सलीम झूठा कभी नहीं था।

उसने मुझे बताया, "मैं ईरान में था। वहाँ की लड़कियाँ आम यूरोपियन लड़कियों की तरह होती हैं वही लिबास, वही वज़अ कतअ, अलबता नाक नक़्शे के लिहाज़ से काफ़ी मुख़्तलिफ़ होती हैं—जितनी खुराफ़ात वहाँ होती है शायद ही किसी और मुल्क में होती है—मैंने वहाँ कई शिकार की। वहाँ मेरे एक बड़े अफ़सर कर्नल उसमानी थे। हालाँकि उनका ओहदा जैसा कि जाहिर है मुझसे बहुत बड़ा था लेकिन वह मेरे बड़े मेहरबान थे। मेस में जब भी मुझे देखते ज़ोर से पुकारते—इधर आओ शेख़, मेरे पास बैठो और मेरे लिए एक कुर्सी मँगवाते। व्हिस्की का दौर चलता तो इधर-उधर की बातें शुरू कर देते। कर्नल उस्मानी साहब को मुझसे छेड़खानी करने में ख़ास मज़ा आता—जब वह कोई फ़िकरा मुझपर चुस्त करते तो बहुत खुश होते—काफ़ी मुअम्मर आदमी था। इसके अलावा बड़ा अफ़सर। मैं ख़ामोश रहता—उनको पोलिस्तानी नर्सों से बड़ी दिलचस्पी थी जो वहाँ एम्बुलेन्स कोर में काम करती थीं—यह पोलिस्तानी लड़कियाँ बला की तनोमन्द होती हैं—यह मोटी-मोटी सफ़ेद पिण्डलियाँ। बड़ी मज़बूत छातियाँ, बड़ी-बड़ी और सेहत मन्द। कूल्हे चौड़े और गोश्त से भरे हुए, जिनमें सख़्ती हो—लोहे ऐसी सख़्ती—मेरी कई दोस्त थीं, पर जब मैं आइरन से मिला तो सबको भूल गया। सारे ईरान को भूल गया। बड़ी सिनअतें थी। नक़्श सब छोटे-छोटे थे। अगर तुम उसकी छातियों और पिण्डलियों को पेशे नज़र रखते तो यही समझते कि उसके हाथ डबल रोटी के मानिन्द होंगे। उसकी उँगलियाँ इतनी मोटी होंगी जैसे किसी दरख़्त की टहन—मगर नहीं दोस्त, उसके हाथ बड़े नर्मोनाज़ुक थे और उसकी उँगलियाँ, तुम यह समझ लो चुगताई की बनाई तस्वीरों की मख़रूती लम्बी नहीं, मगर पतली-पतली थीं—मैं तो उस पर फरेफ़ता हो गया—चन्द रोज़ की मुलाक़ातों ही में उसके मेरे तालुकात बेतकल्लुफ़ी की हद तक बढ़ गये।"

यहाँ तक पहुँच कर शेख़ रुक गया। एक नया पेग गिलास में डाला और सोडा मिला कर गटागट पी गया "न याद कराओ यह क़िस्सा।" मैंने उससे कहा "लेफटीनेंट साहब, आपने ख़ुद ही शुरू किया था।"

उसने माथे पर त्यौरी चढ़ा कर मेरी तरफ़ देखा। एक और पेग अपने गिलास में। तीन चार पैग जो बोतल में बाक़ी बच गये थे इन्तेकामन मेरे गिलास में डाले और ख़ुद सूखी जिसे अग्रेजी में नीट कहते हैं पी गया और खाँस-खाँस कर अपना बुरा हाल कर लिया, "लानत हो तुम पर।"

"यानी यह क्या मौक़ा था मुझ पर लानत भेजने का।"

उसकी ख़ाँसी अब बन्द हो गयी और वह रूमाल से अपना मुँह पोंछ रहा था। "कुछ न पूछो मेरी जान—दूसरे रोज़ रात को कर्नल साहब से मुलाक़ात हुई—उन्होंने बड़े तर्ज से कहा कहो साहब जादे मुझे बुड्ढा समझते हो—वह तुमने जर्बुहमस्ल नहीं सुनी—नया एक दिन पुराना सौ दिन—मैंने उनसे अर्ज़ की, कर्नल साहब, आपका मेरा क्या मुक़ाबला—मगर मैंने दिल ही दिल में सोचा यह कमबख़्त इस हक़ीकत से ग़ाफ़िल है कि कब्र में पाँव लटकाए बैठा है और इश्क़ फ़रमा रहा है।

मैं तो ख़ुदा की क़सम जब इस उम्र को पहुँचूँगा तो ख़ुदकशी कर लूँगा—"इस मुँह के साथ जिसमें आधे दाँत मसनर्र हैं, मेरी आइरन पर निगाहें लगाये बैठा है। कर्नल होगा तो अपने घर में। इसने कभी उससे फिर बात की तो ऐसा घूँसा जमाऊँगा उसकी सूखी गर्दन पर कि मन का बाहर आ जायेगा।"

देर तक उस बुड्ढे खूसट से आइरन—निहायत ही प्यारी आइरन के मुताल्लिक बातें होती रहीं और वह तंग करने से बाज़ न आया। विस्की का दौर चल रहा था। मैंने अपने होठों पर बड़ी फरमाबरदार किस्म की मुसकुराहट पैदा की और उससे कहा, "कर्नल साहब जो आपको बुड्ढा कहे हैं। आप तो माशाअल्ला जवान हैं।"

यह महफ़िल खत्म हुई तो मैं बहुत ख़ुश हुआ। आइरन ने मुझसे वादा किया कि वह दूसरे रोज़ फला-फला होटल में शाम को सात बजे मिलेगी। उसमें फौजियों को इजाज़त थी। इतवार था इसलिए मैं वर्दी के बजाय निहायत आला सूट पहन कर वहाँ पहुँचा। सात बजने में अभी नौ मिनट बाक़ी थे। मैं डाइनिंग हाल में दाख़िल हुआ तो मेरे पाँव वहीं के वहीं जम गये—कर्नल उसमानी साहब आस पास बैठे हुए लोगों से ग़ाफिल आइरन का बड़ा लम्बा बोसा ले रहे थे—मुझे ऐसा महसूस हुआ कि मैं उस कर्नल से कहीं ज़्यादा बुड्ढा खूसट बन गया हूँ।

अनारकली

नाम उसका सलीम था मगर उसके यार दोस्त उसे शहज़ादा सलीम कहते थे। ग़ालिबन इसलिए कि उस को ख़दो-ख़ाल मुग़लई थे। ख़ूबसूरत था। चाल-ढाल से रऊँनत टपकती थी।

उसका बाप पी.डब्ल्यू.डी. के दफ़्तर में मुलाज़िम था। तनख़्वाह ज़्यादा से ज़्यादा दो सौ रुपये होगी, मगर बड़े ठाठ से रहता। ज़ाहिर है कि रिश्वत ख़ाता था। यही वजह है कि सलीम अच्छे से अच्छा कपड़ा पहनता। जेबख़र्च भी उसको काफ़ी मिलता था, इसलिए कि वह अपने वालदैन का इकलौता लड़का था।

बहुत बन-ठन के रहता। उसके पास कई सूट, कई कमीज़ें थीं, जो बदल-बदल के पहनता। शू कम अज़ कम बीस के क़रीब होंगे।

जब कॉलेज में था तो कई लड़कियाँ उसपर जान छिड़कती थीं—मगर वह बेएतनाई बरतता। आख़िर उसकी आँख एक शोख़ो शंग लड़की जिसका नाम सीमा था लड़ गयी। सलीम ने उससे राहो रस्म पैदा करना चाहा। उसे यक़ीन था कि वह उसका हल्तेफ़ात हासिल कर लेगा—नहीं, वह तो यह तक समझता था कि सीमा उसके क़दमों में गिर पड़ेगी और उसकी ममनूनो मुतशक्किर होगी कि उसने मुहब्बत की निगाहों से उसे देखा।

एक दिन कॉलेज में सलीम ने सीमा से पहली बार मुख़ातिब हो कर कहा "आप किताबों का इतना बोझ सटाए हुई हैं—लाइए मुझे दे दीजिए—मेरा ताँगा बाहर मौजूद है। आपको और इस बोझ को घर तक पहुँचा दूँगा।"

सीमा ने अपनी भारी भरकम किताबें बग़ल में दाबते हुए बड़े खुश्क लहजे में जवाब दिया, "आपकी मदद की मुझे कोई ज़रूरत नहीं—बहरहाल शुक्रिया अदा किये देती हूँ।"

शहज़ादा सलीम को अपनी ज़िन्दगी का सबसे बड़ा सदमा पहुँचा—चन्द लमहात के लिए वह अपनी ख़िफ़्फ़त मिटाता रहा। इसके बाद उसने सीमा से कहा, "औरत को मर्द के सहारे की ज़रूरत होती है—मुझे हैरत है कि आपने मेरी पेशकश को क्यों ठुकरा दिया।"

सीमा का लहजा और ज्यादा खुश्क हो गया, "औरतों को मर्द के सहारे की

ज़रूरत होगी—मगर फ़िलहाल मुझे ऐसी कोई ज़रूरत महसूस नहीं होती—आपकी पेशकश का शुक्रिया मैं अदा कर चुकी हूँ—इससे ज़्यादा आप और क्या चाहते हैं।

यह कह कर सीमा चली गयी। शहज़ादा सलीम जो अनारकली के ख़्वाब देख रहा था, आँखों झपकाता रह गया। उसने बहुत बुरी तरह शिकस्त खायी थी।

इससे कब्ल उसकी ज़िन्दगी में कई लड़कियाँ आ चुकी थीं, जो उसके आबरू के इशारे पर चलती थीं...मगर यह सीमा क्या समझती है अपने को इसमें कोई शक नहीं कि ख़ूबसूरत है। जितनी लड़कियाँ मैंने अब तक देखी हैं उनमें सबसे ज़्यादा हसीन है, मगर मुझे ठुकरा देना...यह बहुत बड़ी ज़्यादती है...मैं ज़रूर इससे बदला लूँगा...चाहे कुछ भी हो जाय।

शहज़ादा सलीम ने उससे बदला लेने की कई स्कीमें बनाई, मगर बार आवर साबित न हुई। उसने यहाँ तक सोचा कि उसकी नाक काट डाले। वह यह जुर्म कर बैठता, मगर उसे सीमा के चेहरे पर यह नाक बहुत पसन्द थी। कोई बड़े से बड़ा मुसव्वर भी ऐसी नाक का तसव्वर नहीं कर सकता था।

सलीम तो अपने इरादों में क़ामयाब न हुआ, मगर तक़दीर ने उसकी मदद की। उसकी वालदा ने उसके लिए रिश्ता ढूँढ़ना शुरू किया। निगाहे इन्तेख़ाब आख़िर सीमा पर पड़ी जो उस की सहेली की सहेली की लड़की थी।

बात पक्की हो गयी, मगर सलीम ने इंकार कर दिया। इस पर उसके वालदैन बहुत नाराज़ हुए। घर में दस-बारह रोज़ तक हंगामा मचा रहा।

सलीम के वालिद ज़रा सख़्त तबीयत के थे उन्होंने उससे कहा, "देखो तुम्हें, हमारा फ़ैसला कुबूल करना होगा।"

सलीम हठधर्म था जवाब में यह कहा, "आप का फ़ैसला कोई हाईकोर्ट का फ़ैसला नहीं...फिर मैंने क्या जुर्म किया है जिसका आप फ़ैसला सुना रहे हैं।"

उसके वालिद को यह सुन कर तैश आ गया, "तुम्हारा यह जुर्म है कि तुम ना ख़लफ़ हो...अपने वालदैन का कहना नहीं मानते उदूल हुकमी करते हो। मैं तुम्हें आक़ कर दूँगा।"

सलीम का जोश थोड़ा ठण्डा हो गया, "लेकिन अब्बा जान, शादी मेरी मर्ज़ी के मुताबिक तो होनी चाहिए।"

"बताओ तुम्हारी मर्ज़ी क्या है।"

"अगर आप ठण्डे दिल से सुनें तो मैं अर्ज़ करूँ।"

"मेरा दिल काफ़ी ठण्डा है—तुम्हें जो कुछ कहना है फ़ौरन कह डालो...मैं ज़्यादा देर इन्तज़ार नहीं कर सकता।"

सलीम ने रुक-रुक कर कहा, "मुझे...मुझे...एक लड़की से मुहब्बत है।"

उसका बाप गरजा, "किस लड़की से?"

सलीम थोड़ी देर हिचकिचाया, "एक लड़की है।"

"कौन है वह? क्या नाम है उसका?"

"सीमा...मेरे साथ कॉलेज में पढ़ती है।"

"मिया हफ़्तिख़ारुद्दीन की लड़की?"

"जी हाँ, उसका नाम सीमा इफ़्तिखार है...मेरा ख़याल है वही है।"

उसके वालिद बेतहाशा हँसने लगे "ख़याल के बच्चे...तुम्हारी शादी इसी लड़की से करार पायी है..." "क्या वह तुम्हें पसन्द करती है?"

सलीम बौखला-सा गया...यह सिलसिला कैसे हुआ उसकी समझ में नहीं आता था। कहीं उसका बाप झूठ तो नहीं बोल रहा है?...सलीम से जो सवाल किया गया था उसका जवाब उसके वालिद को नहीं मिला था। चुनांचे उन्होंने कड़क कर पूछा, "मुझे बताओ क्या सीमा तुम्हें पसन्द करती है।"

सलीम ने कहा, "जी नहीं।"

"तुमने यह कैसे जाना"

"उससे...उससे एक बार मैंने मुख़्तसर अलफ़ाज में...मुहब्बत का इज़हार किया...लेकिन उसने मुझे..."

"तुम्हें दर खौरे एवना न समझा।"

"जी हाँ...बड़ी बेरुखी बरती।"

सलीम के वालिद ने अपने गंजे सर को थोड़ी देर के लिए खुजलाया और कहा "तो फिर यह रिश्ता नहीं होना चाहिए...मैं तुम्हारी माँ से कहता हूँ कि वह लड़की वालों से कह दे कि लड़का रज़ामन्द नहीं।"

सलीम एक दम जज़बाती हो गया, "नहीं अब्बाजान...ऐसा न कीजिएगा। शादी हो जाय तो सब ठीक हो जायगा। मैं उससे मुहब्बत करता हूँ। और किसी की मुहब्बत अकारत नहीं जाती...लेकिन आप उन लोगों को...मेरा मतलब है सीमा को यह पता न लगने दीजिए कि उसका ब्याह मुझसे हो रहा है, जिससे वह बेरुखी और बेएतनाई का इज़हार कर चुकी है।"

उसके बाप ने अपने गंजे सर पर हाथ फ़ेरा, "मैं उसके मुताल्लिक सोचूँगा।"

यह कह कर वह चले गये कि उन्हें एक ठेकेदार से रिश्वत वसूल करनी थी। अपने बेटे की शादी के अख़राजात के सिलसिले में।

शहज़ादा सलीम जब रात को पलँग पर सोने के लिए लेटा तो उसे अनार की कलियाँ ही कलियाँ नज़र आयीं। सारी रात वह इनके ख़्वाब देखता रहा।

घोड़े पर सवार बाग़ में आया है...शाहाना लिबास पहने। अस्पेताजी से उतर कर बाग़ की एक रविश पर जा रहा है...क्या देखता है कि सीमा अनार के बूटे की सबसे ऊँची शाख़ से एक नौख़ेज़ कली तोड़ने की कोशिश कर रही है...उसकी भारी भरकम किताबें ज़मीन पर बिख़री पड़ी हैं...जुल्फें उलझी हुई हैं। और वह उचक-उचक कर उस शाख तक अपना हाथ पहुँचाने की कोशिश कर रही है मगर

हर बार नाकाम रहती है।

वह उसकी तरफ़ बढ़ा। अनार की झाड़ी के पीछे छुप कर उसने उस शाख को पकड़ा और झुका दिया। सीमा ने कली तोड़ ली जिसके लिए वह इतनी कोशिश कर रही थी...लेकिन फ़ौरन उसे इस बात का एहसास हुआ कि वह शाख़ नीचे कैसे झुक गयी।

वह अभी यह सोच ही रही थी कि शहज़ादा सलीम, उसके पास पहुँच गया। सीमा घबरा गयी, लेकिन सँभल कर उसने अपनी किताबें और बगल में दाब लीं, अनारकली अपने जूड़े में अड़स ली और यह खुश्क अल्फ़ाज कह कर वहाँ से चली गयी, "आपकी इमदाद की मुझे कोई ज़रूरत नहीं थी...बहरहाल शुक्रिया अदा किये देती हूँ।"

तमाम रात वह इसी क़िस्म के ख़्वाब देखता रहा। सीमा, उसकी भारी भरकम किताबें, अनार की कलियाँ और शादी की धूम-धाम।

शादी हो गयी। शहज़ादा सलीम ने इस तक़रीब पर अपनी अनारकली की एक झलक भी नहीं देख पायी थी। वह उसे लमहे के लिए तड़प रहा था जब सीमा उसकी आगोश में होगी। वह उसके इतना प्यार करेगा कि वह इतना तंग आकर रोना शुरू कर देगी।

सलीम को रोने वाली लड़कियाँ बहुत पसन्द थीं। उसका यह फलसफ़ा था कि औरत जब रो रही हो तो बहुत हसीन हो जाती है। उसके आँसू शबनम के कतरों की मानिन्द होते हैं जो मर्द के जज़्बात के फूलों पर टपकते हैं जिनसे उसे ऐसी राहत ऐसी फ़रहत मिलती है जो और किसी वक़्त नसीब नहीं हो सकती।

रात के दस बजे दुल्हन को हजलए उरूसी में दाख़िल कर दिया। सलीम को भी इजाज़त मिल गयी कि वह उसके कमरे में जा सकता है। लड़कियों की छेड़-छाड़ और रस्मों रसम सब ख़त्म हो गयी थीं। वह कमरे के अन्दर दाख़िल हुआ।

फूलों से सजी हुई मसहरी पर दुल्हन घूँघट काढ़े रेशम की गठरी-सी बनी बैठी थी। शहज़ादा सलीम ने ख़ास एहतमाम कराया था कि फूल, अनार की कलियाँ हों...वह धड़कते हुए दिल के साथ मसहरी की तरफ़ बढ़ा और दुल्हन के पास बैठ गया।

काफ़ी देर तक वह अपनी बीवी से कोई बात न कर सका...उसको ऐसा महसूस होता था कि उसकी बगल में किताबें होगी, जिनको वह उठाने नहीं देगी। आख़िर उसने बड़ी जुर्अत से काम लिया और उससे कहा "सीमा..."

यह नाम लेते ही उसकी जबान खुश्क हो गयी। लेकिन उसने फिर जुर्अत फ़राहम की और अपनी दुल्हन के चेहरे से घूँघट उठा दिया और भौचक्का रह गया.. यह सीमा नहीं थी, कोई और ही लड़की थी...अनार की सारी कलियाँ उसको ऐसा महसूस हुआ कि मुरझा गयी हैं।

मैडम डिकॉस्टा

नौ महीने पूरे हो चुके थे।

मेरे पेट में अब पहली-सी गड़बड़ नहीं थी, पर मैडम डिकॉस्टा के पेट में चूहे दौड़ रहे थे। वह बहुत परेशान थी। चुनांचे मैं आने वाली घटना की तमाम अनजानी तकलीफ़ें भूल गयी थी और मैडम डिकॉस्टा की हालत पर रहम खाने लगी थी।

मैडम डिकॉस्टा मेरी पड़ोसिन थी। हमारे फ़्लैट की बालकनी और उसके फ़्लैट की बालकनी के बीच सिर्फ़ एक लकड़ी का तख़्ता था। उसमें अनगिनत नन्हे-नन्हे सूराख़ थे। उन सूराख़ों में से मैं और मेरी सास, मैडम डिकॉस्टा के सारे ख़ानदान को खाना खाते देखा करते थे। लेकिन जब उनके घर सुखायी हुई झींगा मछली पकती और उसकी नाकाबिले-बरदाश्त बू उन सूराख़ों में से छन-छन कर हम तक पहुँच जाती तो मैं और मेरी सास बालकनी का रुख़ तक न करती थीं। मैं अब भी कभी-कभी सोचती हूँ कि इतनी बदबूदार चीज़ खायी कैसे जा सकती है। पर बाबा, क्या कहा जाय। इंसान बुरी-से-बुरी चीज़ें खा जाता है। कौन जाने, उन्हें इस बू में ही मज़ा आता हो।

मैडम डिकॉस्टा की उम्र लगभग चालीस-बयालीस की होगी। उसके कटे हुए बाल, जो अपनी सियाही बिलकुल खो चुके थे और जिनमें बेशुमार सफ़ेद धारियाँ पड़ चुकी थीं, उसके छोटे-से सिर पर, घिसे हुए नमदे की टोपी के रूप में, बिखरे रहते थे। कभी-कभी जब वह नया, भड़कीले रंग का, बहुत ही भौण्डे तरीक़े से सिला हुआ, फ्रॉक पहनती थी तो सिर पर लाल-लाल बुँदकियों वाला जाल भी लगा लेती थी, जिससे उसके छिदरे बाल उसके सिर के साथ चिपक जाते थे। उस हालत में वह दर्ज़ियों का ऐसा मॉडल दिखायी देती थी, जो नीलाम-घर में पड़ा हो।

मैंने कई बार उसे अपने इन्हीं बालों में लहरें पैदा करने की कोशिश में भी मशगूल देखा है। जब वह अपने चार बेटों को जिनमें से एक ताज़ा-ताज़ा फ़ौज में भरती हुआ था और अपने आपको हिन्दुस्तान के हाकिमों की फ़ेहरिस्त में शामिल समझता था, और दूसरा, जो हर रोज़ अपनी कलफ़-लगी सफ़ेद पतलून इस्त्री करके पहनता और नीचे आ कर छोटी-छोटी क्रिश्चियन लड़कियों के साथ मीठी-मीठी बातें किया करता था—नाश्ता करा दिया करती थी और अपने बूढ़े पति को, जो रेलवे में नौकर था, बालकनी में निकल कर हाथ के इशारे से 'बाई-बाई' करने के

बाद छुट्टी पा जाती थी तो अपने सिर के इन बिखरे हुए बालों में लहरें पैदा करने वाले क्लिप अटका दिया करती थी और उन क्लिपों को लगा कर यह सोचा करती थी कि मेरे यहाँ बच्चा कब पैदा होगा। वह ख़ुद आधे दर्जन बच्चे पैदा कर चुकी थी, जिनमें से पाँच ज़िन्दा थे। उनके जन्म पर भी क्या वह इसी तरह दिन गिना करती थी या चुपचाप बैठी रहती थी और बच्चे को अपने आप पैदा होने के लिए छोड़ देती थी—इसके बारे में मुझे कुछ पता नहीं, लेकिन मुझे इस बात का तल्ख़ तजुरुबा ज़रूर है कि जो कुछ मेरे पेट में था, उससे मैडम डिकॉस्टा को, जिसका दाहिना पैर और उसके ऊपर का हिस्सा, किसी बीमारी के कारण हमेशा सूजा रहता था, बहुत गहरी दिलचस्पी थी। चुनांचे दिन में कई बार बालकनी में से झाँक कर वह मुझे आवाज़ दिया करती थी और ग्रामर की परवाह न करने वाली अंग्रेज़ी में, जिसे न बोलना शायद उसके नज़दीक हिन्दुस्तान के मौजूदा शासकों का अपमान था, मुझसे कहा करती थी—'मैं बोली, आज तुम क़िदर गया था...' जब मैं उसे बताती कि मैं अपने शौहर के साथ शॉपिंग करने गयी थी तो उसके चेहरे पर निराशा के आसार पैदा हो जाते और वह अंग्रेज़ी भूल कर बम्बइया हिन्दुस्तानी में बात करना शुरू कर देती, जिसका मक़सद मुझसे इस बात का पता लेना होता था कि मेरे ख़याल के मुताबिक बच्चे के पैदा होने में कितने दिन बाक़ी रह गये हैं। मुझे इस बात का पता होता तो मैं निश्चय ही उसे बता देती। इसमें हर्ज ही क्या था। उस बेचारी को ख़ामख़ाह की उलझन से छुटकारा मिल जाता और मुझे भी हर रोज़ उसके नित-नये सवालों का सामना न करना पड़ता। पर मुसीबत यह है कि मुझे बच्चों की पैदाइश और उससे सम्बन्धित बातों का कुछ पता ही नहीं था। मुझे सिर्फ़ इतना पता था कि नौ महीने पूरे हो जाने पर बच्चा पैदा हो जाया करता है।

मैडम डिकॉस्टा के हिसाब से नौ महीने पूरे हो चुके थे। मेरी सास का ख़याल था कि अभी कुछ दिन बाक़ी हैं...लेकिन ये नौ महीने कहाँ से शुरू करके पूरे कर दिये गये थे—मैंने बहुतेरा अपने दिमाग़ पर ज़ोर दिया, पर समझ न सकी। बच्चा मेरे पैदा होने वाला था। शादी मेरी हुई थी, लेकिन सारा बही-ख़ाता मैडम डिकॉस्टा के पास था। कई बार मुझे ख़याल आया कि यह मेरी बेपरवाही का नतीज़ा है; अगर मैंने किसी छोटी-सी नोट-बुट में, छोटी-सी नोट बुक में न सही, उस कॉपी में ही, जो धोबी के हिसाब के लिए बनाई गयी थी, सब तारीख़ें लिख छोड़ी होतीं तो कितना अच्छा था। इतना तो मुझे याद था और याद है कि मेरी शादी 26 अप्रैल को हुई। यानी 26 की रात को मैं अपने घर की बजाय अपने शौहर के घर में थी। लेकिन इसके बाद की घटनाएँ कुछ ऐसी गड्डमड्ड हो गयी थीं कि उस बात का पता लगाना बहुत मुश्किल था और मुझे ताज्जुब इसी बात का है कि मैडम डिकॉस्टा ने कैसे अन्दाज़ा लगा लिया था कि नौ महीने पूरे हो चुके हैं और बच्चा लेट हो गया है।

एक दिन उसने मेरी सास से बेचैनी-भरे लहजे में कहा—'तुम्हारी डॉटर-इन-ला का बच्चा लेट हो गया है।... पिछले वीक में पैदा होना ही माँगता था।'

मैं अन्दर सोफ़े पर लेटी थी और आने वाली घटना के बारे में अटकलें लगा रही थी। मैडम डिकॉस्टा की यह बात सुन कर मुझे बड़ी हँसी आयी और ऐसा लगा कि मैडम डिकॉस्टा और मेरी सास, दोनों, प्लेटफॉर्म पर खड़ी हैं और जिस गाड़ी का उन्हें इन्तज़ार था, लेट हो गयी है।

अल्लाह बख़्शे, मेरी सास को इतनी शिद्दत का इन्तज़ार नहीं था, चुनांचे वे कई बार मैडम डिकॉस्टा से कह चुकी थीं, 'कोई फ़िक्र की बात नहीं। ख़ुदा अपना फ़ज़ल करेगा। कुछ दिन ऊपर हो जाया करते हैं।' मगर मैडम डिकॉस्टा नहीं मानती थी। जो हिसाब वह लगा चुकी थी, ग़लत कैसे हो सकता था। जब मैडम डीसिल्वा के बच्चा होने वाला था तो उसने दूर ही से देख कर कह दिया था कि ज़्यादा-से ज़्यादा एक हफ़्ता लगेगा। चुनांचे चौथे दिन ही मैडम डीसिल्वा हस्पताल जाती नज़र आयीं।

और फिर वह नर्स थी। यह अलग बात है कि उसने किसी हस्पताल में दाई-गीरी की ट्रेनिंग नहीं ली थी, पर सब लोग उसे नर्स कहते थे। इसलिए उनके फ़्लैट के बाहर छोटी-सी लकड़ी की तख़्ती पर 'नर्स डिकॉस्टा' लिखा रहता था। उसे बच्चों की पैदाइश का समय मालूम न होता तो और किसको होता।

जब कमरा नम्बर 17 में रहने वाले मिस्टर नज़ीर की नाक सूज गयी थी तो मैडम डिकॉस्टा ने ही बाज़ार से रुई का पैकेट मँगवाया था और पानी गर्म करके टकोर की थी। बार-बार वह इस घटना को सनद के रूप में पेश किया करती थी, चुनांचे मुझे बार-बार कहना पड़ता था—'हम कितने ख़ुशक़िस्मत हैं कि हमारे पड़ोस में ऐसी औरत रहती है, जो मिलनसार होने के साथ-साथ अच्छी नर्स भी है।' यह सुन कर वह बहुत ख़ुश होती थी और उसको यों ख़ुश करने से मुझे फ़ायदा यह हुआ करता था कि जब 'उन्हें' तेज़ बुख़ार चढ़ा था तो मैडम डिकॉस्टा ने बर्फ़ लगाने वाली रबड़ की थैली मुझे फ़ौरन ला दी थी।

यह थैली एक हफ़्ते तक हमारे यहाँ पड़ी रही और मलेरिया के शिकार कई लोगों के इस्तेमाल में आती रही। यों भी मैडम डिकॉस्टा बड़ी सेवा करने वाली थी। पर उसके इस सेवा-भाव में उसकी नाक-धँसा—तबियत का बड़ा हाथ था। दरअसल वह अपने पड़ोसियों के उन सारे राज़ों को जानने की भी बड़ी इच्छुक थी, जो वे अपने सीनों में ही रखते चले आते थे।

मिसेज़ डीसिल्वा, मैडम डिकॉस्टा की हम-मज़हब थीं, इसलिए उसकी बहुत-सी कमज़ोरियाँ उसको मालूम थीं। मसलन वह जानती थी कि मिसिज़ डीसिल्वा की शादी क्रिसमस में हुई और बच्चा जुलाई में पैदा हुआ, जिसका साफ़ मतलब यह था कि उसकी असली शादी पहले हो चुकी थी। उसको यह भी पता था कि मिसेज़ डीसिल्वा नाच-घरों में जाती है और यों बहुत-सा रुपया कमाती है और यह कि अब वह उतनी सुन्दर नहीं रही, जितनी कि पहले थी। इसलिए उसकी आमदनी भी पहले से कम हो गयी है।

हमारे सामने जो यहूदी रहते थे, उनके बारे में मैडम डिकॉस्टा के अलग-अलग

बयान थे। कभी वह कहती थी कि मोटी मोज़ेल, जो रात को देर से घर आती है, सट्टा खेलती है और वह ठिगना-सा बूढ़ा, जो अपनी पतलून के गैलिसों में अँगूठे अटकाए और कोट कन्धे पर रखे, सुबह घर से निकल जाता है और शाम को लौटता है, मोज़ेल का पुराना दोस्त है। उस बुढ़े के बारे में उसने खोज लगा कर यह मालूम किया था कि वह साबुन बनाता है, जिसमें सज्जी बहुत ज़्यादा होती है।

एक दिन उसने हमें बताया था कि मोज़ेल ने अपनी लड़की की—जो बहुत सुन्दर थी और हर रोज़ नीले रंग की जींस पहन कर स्कूल जाती थी—उस आदमी से मँगनी कर रखी है, जो हर रोज़ एक पारसी को मोटर में ले कर आता है। मैं उस पारसी के बारे में सिर्फ़ इतना जानती हूँ कि उसकी मोटर हमेशा नीचे खड़ी रहती थी और वह मोज़ेल की लड़की के मंगेतर-सहित रात वहीं बिताता था। मैडम डिकॉस्टा का यह कहना था कि मोज़ेल की लड़की फ़्लोरी का मंगेतर, पारसी का मोटर ड्राइवर है और वह पारसी अपने मोटर ड्राइवर की बहन, लिली का आशिक है, जो अपनी बहन वायलेट के साथ उस फ्लैट में रहती थी। वायलेट के सम्बन्ध में मैडम डिकॉस्टा की राय बहुत ख़राब थी। वह कहा करती थी कि वह लौंडिया, जो हर समय एक नन्हें-से बच्चे को उठाये रहती है, बहुत बुरे कैरेक्टर की है, और उस नन्हें-से बच्चे के बारे में उसने हमें एक दिन यह ख़बर सुनाई थी कि जैसा मशहूर किया गया है, वह किसी पारसिन का लावारिस बच्चा नहीं, बल्कि ख़ुद वायलेट की बहन लिली का है और जो लिली है...बस मुझे इतना ही याद रहा है, क्योंकि जो वंशावली मैडम डिकॉस्टा ने तैयार की थी, वह इतनी लम्बी है कि शायद ही किसी को याद रह सके।

मैडम डिकॉस्टा की जानकारी सिर्फ़ आस-पास की औरतों और पड़ोस के मर्दों तक ही सीमित नहीं थी, उसे दूसरे मुहल्ले के लोगों के बारे में भी बहुत-सी बातें मालूम थीं। चुनांचे, जब वह अपने सूजे हुए पैर का इलाज कराने की ग़रज़ से बाहर जाती तो घर लौटते हुए, दूसरे मुहल्लों की बहुत-सी ख़बरें लाती थी।

एक दिन, जब मैडम डिकॉस्टा मेरे बच्चे के जन्म का इन्तज़ार कर-कर के थक-हार चुकी थी, मैंने उसे बाहर फाटक के पास अपने दो बड़े लड़कों, एक लड़की और पड़ोस की दो औरतों के साथ बातें करते हुए देखा। मैं यह सोच कर मन-ही-मन बहुत कुढ़ी कि वह मेरे बच्चे के लेट हो जाने के बारे में बातें कर रही होगी। चुनांचे जब उसने घर का रुख़ किया तो मैं जंगले से परे हट गयी। पर उसने मुझे देख लिया था। सीधी ऊपर चली आयी। मैंने दरवाज़ा खोल कर उसे बाहर बालकनी ही में मूढ़े पर बैठा दिया। मूढ़े पर बैठते ही उसने बम्बई की हिन्दुस्तानी और ग्रामर-रहित अंग्रेज़ी में कहना शुरू किया—'तुमने कुछ सुना?... मातमा गांडी ने क्या किया?... साली कांग्रेस एक नया कानून पास करना माँगटी है। मेरा ड्रिंक ख़बर लाया है कि बॉम्बे में प्रोहिबीशन हो जायगा।... तुम समझता है, प्रोहिबीशन क्या होता है?'

मैंने अजानापन ज़ाहिर किया, क्योंकि जितनी अंग्रेज़ी मुझे आती थी, उसमें

प्रोहिबीशन शब्द नहीं था। इस पर मैडम डिकॉस्टा ने कहा–'प्रोहिबीशन शराब बन्द करने को कहते हैं।... हम पूछता है, इस कांग्रेस का हमने क्या बिगाड़ा है कि शराब बन्द करके हमको तंग करना माँगती है।... यह कैसा ग़ौरमेण्ट है? हमको ऐसा बात एकदम अच्छा नहीं लगता। हमारा त्योहार कैसे चलेगा? हम क्या करेगा? ह्विस्की हमारा त्योहारों में होना ही माँगटा है... तुम समझती हो न? क्रिसमस कैसे होगा?... क्रिश्चियन लोग तो इस लॉ को नहीं मानेगा। कैसे मान सकता है... मेरे घर में चौबीस क्लाक ब्राण्डी का ज़रूरत रहता है। यह लॉ पास हो गया तो कैसे काम चलेगा।... यह सब कुछ गांडी कर रहा है... गांडी, जो मोहमडन लोग का एकदम बैरी है।... साला आप तो पीता नहीं और दूसरों को पीने से रोकता है। और तुम्हें मालूम है, यह हम लोगों का, मेरा मतलब है, ग़ौरमेण्ट का बहुत बड़ा एनेमी है...'

उस वक़्त ऐसा मालूम होता कि इंग्लिस्तान का सारा टापू मैडम डिकॉस्टा के अन्दर समा गया है। वह गोआ की रहने वाली, काले रंग की क्रिश्चियन औरत थी, मगर जब उसने ये बातें कीं तो मेरी कल्पना ने उस पर सफेद चमड़ी मढ़ दी। कुछ लम्हों के लिए वह यूरोप से ताज़ा-ताज़ा आयी हुई अंग्रेज़ औरत दिखायी दी, जिसे हिन्दुस्तान और उसके महात्मा गांधी से कोई वास्ता न हो।

समुन्दर के पानी से नमक बनाने का आन्दोलन महात्मा गांधी ने शुरू किया था। चरख़ा चलाना और खादी पहनना भी उसी ने लोगों को सिखाया था।

इसी क़िस्म की और भी बहुत-सी ऊट-पटाँग बातें वह कर चुका था। शायद इसीलिए मैडम डिकॉस्टा ने यह समझा था कि बम्बई में शराब सिर्फ़ इसलिए बन्द की जा रही है कि अंग्रेज़ लोगों को तकलीफ हो।... वह कांग्रेस और महात्मा गांधी को एक ही चीज़ समझती थी–यानी लँगोटी।

महात्मा गांधी और उसकी सात पीढ़ियों पर लानतें भेज कर, मैडम डिकॉस्टा असली बात की तरफ़ आयी, 'और हाँ, तुम्हारा यह बच्चा क्यों पैदा नहीं होता? चलो, मैं तुम्हें किसी डॉक्टर के पास ले चलूँ।'

मैंने उस वक़्त बात टाल दी, मगर मैडम डिकॉस्टा ने घर जाते हुए फिर मुझ से कहा–'देखो, तुमको कुछ ऐसा-वैसा बात हो गया तो फिर हमको मत बोलना।'

उसके दूसरे दिन की बात है। 'वे' बैठे कुछ लिख रहे थे। मुझे ख़याल आया, कई दिनों से मैंने मिसेज़ काज़िमी को फोन नहीं किया। उसको भी बच्चे की पैदाइश का बहुत ख़याल है, इस वक़्त फ़ुर्सत है और नज़ीर साहब का दफ़्तर, जो उनके घर के साथ ही मिला था, बिलकुल ख़ाली होगा, क्योंकि छह बज चुके थे। उठ कर टेलीफोन कर देना चाहिए। यों सीढ़ियाँ उतरने और चढ़ने से डॉक्टर साहब और तजरुबाकार औरतों की सलाह पर अमल भी हो जायगा, जो यह था कि चलने-फिरने से बच्चा आसानी के साथ पैदा होता है। चुनांचे, मैं अपने पैदा होने वाले बच्चे-समेत उठी और धीरे-धीरे सीढ़ियाँ चढ़ने लगी। जब पहली मंज़िल पर पहुँची तो मुझे 'नर्स डिकॉस्टा' का बोर्ड नज़र आया

और इससे पहले कि मैं उसके फ़्लैट के दरवाज़े से गुज़र कर दूसरी मंज़िल के पहले ज़ीने पर क़दम रखूँ, मैडम डिकॉस्टा बाहर निकल आयी और मुझे अपने घर ले गयीं।

मेरा दम फूला हुआ था और पेट में ऐंठन-सी पैदा हो गयी थी। ऐसा महसूस होता था कि रबड़ की गेंद है, जो कहीं अटक गयी है। इससे बड़ी उलझन हो रही थी। मैंने एक बार इस तकलीफ़ का ज़िक्र अपनी सास से किया था तो उसने मुझे बताया था कि बच्चे की टाँग-वाँग इधर-उधर फँस जाया करती है।

चुनांचे यह टाँग-वाँग ही हिलने-डुलने से कहीं फँस गयी थी, जिसकी वजह से मुझे बड़ी तकलीफ़ हो रही थी। मैंने मैडम डिकॉस्टा से कहा—'मुझे एक ज़रूरी टेलीफ़ोन करना है, इसलिए मैं आपके यहाँ नहीं बैठ सकती।'... और बहुत से झूठे बहाने मैंने पेश किये, पर वह न मानी और मेरा बाज़ू पकड़ कर उसने ज़बरदस्ती मुझे उस सोफे पर बैठा दिया, जिसका कपड़ा बहुत मैला हो रहा था।

मुझे सोफ़े पर बैठा कर, जल्दी-जल्दी उसने दूसरे कमरे से अपने दो छोटे लड़कों को बाहर निकाला। अपनी कुँआरी जवान लड़की को भी, जो महात्मा गांधी की लँगोटी से कुछ बड़ी निक्कर पहनती थी, उसने बाहर भेज दिया और मुझे ख़ाली कमरे में ले गयी। अन्दर से दरवाज़ा बन्द कर के उसने मेरी तरफ़ उस अमरीकी जादूगर की तरह देखा, जिसने अलादीन का चचा बन कर, उसे गुफा में बन्द कर दिया था।

यह सब उसने इतनी फुर्ती से किया कि मुझे वह एक बड़ी भेद-भरी औरत नज़र आयी। सूजे हुए पैर की वजह से उसकी चाल में हल्का-सा लँगड़ापन पैदा हो गया था, जो मुझे उस समय बहुत भयानक दिखायी दिया। मेरी तरफ़ घूर कर देखने के बाद, उसने इधर दीवार की तीनों खिड़कियाँ बन्द कीं। हर खिड़की की चिटकनी चढ़ा कर उसने मेरी तरफ़ इस अन्दाज़ से देखा, जैसे उसे इस बात का डर हो कि मैं उठ भागूँगी। ईमान की कहूँ, उस वक़्त मेरा जी यही चाहता था कि दरवाज़ा खोल कर भाग जाऊँ। उसकी ख़ामोशी और उसके खिड़कियाँ-दरवाज़े बन्द करने से मैं बहुत परेशान हो गयी थी। आख़िर इसका मतलब क्या था?... वह चाहती क्या थी? इतने ज़बरदस्त एकान्त की क्या ज़रूरत थी?... और फिर...वह लाख पड़ोसिन थी, उसके हम पर कई एहसान भी थे, लेकिन आख़िर वह थी तो एक ग़ैर औरत। और उसके बेटे...वह मुआ फ़ौजी और वह क़लफ़-लगी पतलून वाला, जो छोटी-छोटी क्रिश्चियन लड़कियों से मीठी-मीठी बातें करता था।... अपने, अपने होते हैं और पराये, पराये। मैं कई इश्किया नाविलों में कुटनियों का हाल पढ़ चुकी थी। जिस अन्दाज़ से वह इधर-उधर चल-फिर रही थी और दरवाज़े बन्द कर के पर्दे खींच रही थी, उससे मैंने यही नतीजा निकाला था कि वह नर्स-वर्स बिलकुल नहीं, बल्कि एक बहुत बड़ी कुटनी है। खिड़कियाँ और दरवाज़े बन्द होने की वजह से कमरे में, जिसके अन्दर लोहे के चार पलँग पड़े थे, काफी अँधेरा हो गया था, जिससे मुझे और भी घबराहट हुई। पर उसने फ़ौरन ही बटन दबा कर

रोशनी कर दी। समझ में नहीं आता था कि वह मेरे साथ क्या करेगी। बड़े भेद-भरे तरीक़े से उसने अँगीठी पर से एक बोतल उठायी, जिसमें सफ़ेद रंग का तरल पदार्थ था, और मुझसे मुख़ातिब हो कर कहने लगी—'अपना ब्लाउज़ उतारो...मैं कुछ देखना माँगती हूँ।'

मैं घबरा गयी, 'क्या देखना चाहती हो?'

ऊपर से सब कुछ साफ़ नज़र आ रहा था। फिर ब्लाउज़ उतरवाने का क्या मतलब था और उसे क्या हक़ हासिल था कि वह दूसरी औरतों को यों घर के अन्दर बुला कर, ब्लाउज़ उतारने पर मजबूर करे। मैंने साफ़-साफ़ कह दिया—'मैडम डिकॉस्टा, मैं ब्लाउज़ हरगिज़ नहीं उतारूँगी।' मेरे लहजे में घबराहट के अलावा तेज़ी भी थी। मैडम डिकॉस्टा का रंग पीला पड़ गया, 'तो...तो...फिर हमको मालूम कैसे पड़ेगा कि तुम्हारे घर बच्चा कब होगा।... इस बोतल में खोपरे का तेल है। यह हम तुम्हारे पेट पर गिरा कर देखेगा।... इससे एकदम मालूम हो जायगा कि बच्चा कब होगा।... लड़की होगी या लड़का?'

मेरी घबराहट दूर हो गयी। मैडम डिकॉस्टा फिर मुझे मैडम डिकॉस्टा नज़र आने लगी। खोपरे का तेल बड़ी बेज़रर चीज़ है। पेट पर अगर उसकी पूरी बोतल भी उँड़ेल दी जाती तो क्या हर्ज था और फिर तरकीब कितनी दिलचस्प थी। इसके अलावा अगर मैं न मानती तो मैडम डिकॉस्टा को कितनी बड़ी निराशा का सामना करना पड़ता। मैं वैसे भी किसी का दिल तोड़ना पसन्द नहीं करती। चुनांचे मैं मान गयी।... ब्लाउज़ और कमीज़ उतारने में मुझे काफी कोफ़्त हुई, पर मैंने बरदाश्त कर ली। ग़ैर औरत की मौजूदगी में, जब मैंने अपना फूला हुआ पेट देखा, जिसके निचले हिस्से पर इस तरह के लाल-लाल निशान बने हुए थे, जैसे रेशमी कपड़े में चुन्नटें पड़-पड़ जायें तो मुझे एक अजीब क़िस्म की शर्म महसूस हुई। मैंने चाहा कि फौरन कपड़े पहन लूँ और वहाँ से चल दूँ। लेकिन मैडम डिकॉस्टा का वह हाथ, जिसमें खोपरे के तेल की बोतल थी, उठ चुका था।

मेरे पेट पर ठण्डे-ठण्डे तेल की एक लकीर दौड़ गयी। मैडम डिकॉस्टा खुश हो गयी। मैंने जब कपड़े पहन लिये तो उस ने सन्तोष-भरे लहजे में कहा—'आज क्या डेट है? ग्यारह...बस पन्द्रह को बच्चा हो जायगा और लड़का ही होगा।' पाच्चा पच्चीस तारीख़ को हुआ, लेकिन था लड़का। अब, जब कभी वह मेरे पेट पर अपने नन्हे-नन्हे हाथ रखता है तो मुझे ऐसा महसूस होता है कि मैडम डिकॉस्टा ने खोपरे के तेल की सारी बोतल उँड़ेल दी है।

□□